有幸被爱，
无畏山海

张卉妍 / 著

中国华侨出版社
·北京·

图书在版编目 (CIP) 数据

有幸被爱；无畏山海 / 张卉妍著 . -- 北京：中国
华侨出版社，2023.1（2024.3 重印）

ISBN 978-7-5113-8695-3

Ⅰ.①有… Ⅱ.①张… Ⅲ.①故事－作品集－中国－
当代 Ⅳ.① I247.81

中国版本图书馆 CIP 数据核字（2021）第 243379 号

有幸被爱，无畏山海

著　者：	张卉妍
责任编辑：	黄振华
封面设计：	韩　立
文字编辑：	许俊霞
美术编辑：	吴秀侠
经　销：	新华书店
开　本：	880mm×1230mm　1/32　印张：8　字数：160 千字
印　刷：	河北松源印刷有限公司
版　次：	2023 年 1 月第 1 版
印　次：	2024 年 3 月第 2 次印刷
书　号：	ISBN 978-7-5113-8695-3
定　价：	46.00 元

中国华侨出版社　北京市朝阳区西坝河东里 77 号楼底商 5 号　邮编：100028
发 行 部：（010）58815874　　传　真：（010）58815857
网　址：www.oveaschin.com　　E－m a i l：oveaschin@sina.com

如果发现印装质量问题，影响阅读，请与印刷厂联系调换。

今天是妈妈生日，也是我生日。

凌晨两点，我在一家二十四小时店里写下这些文字。

几个东倒西歪的流浪汉，两三对情侣。萎靡地努力聊天，默默地用力暧昧。

店里放的那首老歌，揪住我的心。

不要问我从哪里来，我的故乡在远方。为什么流浪，流浪远方，流浪。

我爱三毛。深爱。

她有最真的性情，她倔强地活，她率着性子走遍万水千山，她只为她的心。

想像她那样，随心远行，不告而别。

也想，有一个人能如荷西对她那般，给我波澜不惊的爱情，陪我看世间风景，许我一世欢颜。

书店里一个陌生人要给我看手相。他比画着我掌心的生命线说，安稳才能得福，这是你注定的命。而我甘愿流浪，逆着掌纹线到想去的地方。生活，就要像疯子一样地过，才能忘记生命给我们的颠簸。

周游广阔而狭小的宇宙，纷繁而孤寂的世界。这一刻，非如此不可。

行李滑上传送带，随身带的小说里各种悲欢离合，航班就要起飞。

长途飞机上放了不知名的电影，悲剧。于是眼泪轰然决堤，无法自已。我看到坐我旁边的美国老太太也在抹眼泪。

清晨被鸟鸣叫醒。我穿过旧金山长满花的房子，从成排的单车里租了一辆出来。清冷的晨风里，骑着车不停地上坡下坡，前往金门大桥。

灰蒙蒙的晨曦中，细雨落在跨海大桥上。

"愿海水洗去所有的痛苦和悲伤。"

柏拉图也是看到下雨的海，才写下这样的句子吧。

火车在漆黑的夜色里穿过辽阔的田野。沉寂的山脉神秘得无法捉摸，小小村落的灯火隐约闪烁。把头靠在玻璃上，凝望着原野无法言语。

窗外偶尔有疾驰而过的火车，交会时发出刺耳的呼啸，闪电般明亮。

火车停靠在一个个站台，然后继续前行，我知道它要带我去遥远的地方。陌生的人们坐在车里。一张张再难相见的面孔偶然邂逅。一些人在生命中出现，然后消失。另一些人停留了一段，然后也消失了。

有时候，我只是想你能在身边看着我就好。静静地。

欧洲最后一段时光，在巴黎迷路。公车把我带向郊外，我安然看窗外美景如风掠过。一直以来，我都是个没有方向感的人，走到哪儿算哪儿。流浪的人，可以把任何一个地方当成家，我知道的。

看到一朵昙花。太爱这暗夜中的植物，一夜之间肆意开放，惊艳突如其来。然后凋谢，没有任何留恋。闻到它的气息，我想掉泪。这是最尽情的花，如同短暂的爱情，永远没有机会变坏，给人留下一生回想。凄凉，却极美。

从东京去河口湖。无论从哪条小路抬头，都能看到富士山。日本的樱花，致命的美。

停下来坐在路边，感觉有只手轻轻搭上我的肩。回头，是一片巨大的法国梧桐叶。

宾馆的桌子面向阳台。我拉开窗帘，想把这一切都写成文字，寄给你。最后，只有一纸空白。

后来越走越远，季节越走越凉。每天平静地吃饭、喝水、走路、睡觉，然后在什么地方想起一些画面，会觉得空气稀薄得需要用力地大口呼吸。

几年的时光碎成一个个慢镜头在我心里一一回放，泪痕冻结，隐隐作痛。在山路上睡去那一瞬，只记得有一只小兽远远向我招手，它在大声喊着什么，我听不见。可能它也迷路了。

一颗流星划过，消失在天边。

你还好吗？

世界之大，竟没有一个没有你的地方。

等等我可不可以？等我醒来，等我赶上，等我把心粘好去见你。

然而，没有人在等。时光来了又走，故事不了了之。

目录

1

我相信你说的万水千山

千山如梦，只为遇见你

他对她一见钟情，认识不久便求婚。

婚后，他大病一场，六年内经历了五次手术，她一直陪伴在身边照顾他。最后一次手术中，他不幸患上失忆并发症。

当他醒来第一眼见到她时，意想不到的事情发生了。已失忆的他不敢相信眼前的女子竟是自己的妻子。他撑着虚弱的身体几度确认，连夸她无论眼睛还是牙齿都完美极了，还直呼自己赚大了。她被他认真的模样感动到哽咽，拍摄下这难忘的一刻。

不久，他恢复了记忆，但对她拍下的画面已没有了印象。这次经历让他从此更加珍惜毕生之爱，他将这段视频短片上传到网上，命名为《再一次与她初遇》，让无数网友感动不已。

一见钟情是宿命。哪怕再一次与你初遇，我仍注定无处可逃。

就像杜拉斯那句无比温柔的话：我遇见你，我记得你，

这座城市天生就适合恋爱，你天生就适合我的灵魂。

在时光的隧道里，来来往往的人被乱花迷了眼睛，一个转身就是擦肩。然而，如果一个人，还记得前世的约定，今生哪怕跋山涉水，历尽千辛万苦，也必然守候在路口，等待相逢。冥冥中会有安排，让我在某个不经意的瞬间，解开轮回的谜，等到你。

春光曼妙的清晨，《郑风·野有蔓草》中那个男子对所遇的女子唱：有美一人，清扬婉兮。邂逅相遇，适我愿兮。

宴席上，司马相如琴挑文君：凤兮凤兮归故乡，遨游四海求其凰。

《洛神赋》中，曹植告诉世人：我的爱情，天荒地老。一见钟情之后虽不能再见，但我依然钟情一生。

杜丽娘游春伤感时，柳梦梅入梦唱了句：则为你如花美眷，似水流年。

宝黛初遇，他第一句话便是：这个妹妹我曾见过的。

回首前尘，看那些遥远的爱情，总是一径显得简单而执着。这辈子，不知哪一眼，就是开始。从此再难离弃，从此携手百年。

生命其实可以这样简单。

我们在此时此地相遇，我就爱上了你，别问我为什么，它只是突然来了，像惊醒大地的春雷不曾预告就轰然来袭，而我爱上了你，一如大地回应以绿野。

烟火迷离，不及你回眸静寂一片。

繁花似锦，不若你一笑倾尽天下。

只求在我最美的年华里，遇见你。

一切都那么柔情万丈，一切都那么顺理成章。因为遇见，已是生命莫大的恩赐。

自此后，真的开始相信一见钟情。

老电影《卡萨布兰卡》里的男主角里克说："在这个世界上有那么多的城市，在这个城市里又有那么多的酒馆，她却偏偏走进了我的酒馆。"

就是在这样的机缘下，里克与伊尔莎相遇并且相爱。这段感情纵使没有永远，他们在心里仍感谢上苍赐予的这次相遇。

就像波兰女诗人辛波丝卡的《一见钟情》：

他们彼此深信，
是瞬间迸发的热情让他们相遇。
这样的笃定是美丽的，
但变幻无常更为美丽。

这样的不期而遇，值得我们惦念一生。

确是唯有一见钟情，慌张失措的爱，才慑人醉人，才情愿以死赴之，以死明之，行行重行行，自身自心的情绪变化，世事世风的劫数运转，不知不觉、全知全觉地怨了恨了，怨之镂心恨之刻骨了。

木心所言极是。

一口热茶喝下，安静地听一出《惊梦》。

在这苍茫尘世中，我依然对生命里的种种相遇充满期待。无论怎样的情节曲折，哪怕薄暮中只有一座空荡的戏台，也要一往情深循迹而来，静待故事发生。

世间最美不过一见钟情

如果有一天，我明白了什么是爱情，那一定是因为你。

——赫尔曼·黑塞

十一月的海德堡，秋意甚浓。沿着落叶缤纷的哲学家之路，我来到老城区。内卡河河水倒映出两岸红色的小房子，橘红的斜屋顶开着小小的天窗，绿的、蓝的、粉的墙上衬着巧克力色的门窗，上面长满五颜六色的鲜花。院里摆放着自制的秋千，慵懒的大狗趴在门前，几个老人煮着咖啡。

我走进这家古老的咖啡店，听身旁的老人讲故事。原来，手里这块名叫"学生之吻"的巧克力，还有如此浪漫的一段传说。

很久以前，在此求学的贵族小姐在这家咖啡店里遇到一位年轻学子，彼此心仪。然而，教母的严厉管教让两个人没有机会表白真心。于是，店长科诺瑟制作了一种香甜细腻的巧克力饼，将之命名为"学生之吻"。从此，年轻的学子开始借由它向心爱的姑娘表达心意。女生若是接受了巧克力，即代表接受了对方的吻。后来，纵是严厉的教母，也认可了"学生之吻"。

如今，虽然人们示爱的方式越来越直接，但古老含蓄的脉脉温情仍通过这印着浪漫图案的巧克力保存了下来。

童话般的美好，让我再移不开脚步。唯愿时光就此停留，沉醉不醒。

告白，真是一个温暖的词。

那是 1928 年。上海，中国公学，大学部一年级现代文学课上。

年轻的沈从文望着座下黑压压一片的学生，呆呆地站了十分钟，说不出一句话，只在黑板上写：第一次上课，见你们人多，怕了。

这个惊惶的老师，却在黑压压的学生里，看到了一个美丽女子。

第一封情书这样开头：不知道为什么，我忽然爱上了你。

爱恋来得突然，却一发不可收。几百封情书绵延不绝，带着不顾一切的热情席卷而来。唯一的收件人，便是张兆和，他的三三。

胡适劝说张兆和：他顽固地爱着你。

张兆和回答得骄傲而倔强：我顽固地不爱他。

沈从文到青岛后，在那儿度过的四年时光里，仍一如既往地给她写信："我希望我能学做一个男子，爱你却不再来麻

烦你，我爱你一天，总是要认真生活一天，也极力免除你不安的一天。为着这个世界上有我永远倾心的人在，我一定要努力切实做个人的。"

这个如此有主意的女人，这个顽固地不爱他的女人，这个读着千百封情书却从未回过一封信的女人，终于妥协了。

她对他说，乡下人，来喝杯甜酒吧。

几百封情书换来了中国第一封白话文电报，浪漫得竟发酸发苦。非常顽固的爱与非常顽固的不爱，最终仍联在了一起，生死相随。

暮年之时，沈从文对前来探望的允和说，莫走，二姐，你看。

说着从口袋里掏出一封皱巴巴的信举起来，面色羞涩而温柔，那是兆和给他的第一封信。

允和问，我能看看吗？

他把信放胸前温一下，又塞回口袋里。

允和望着他好笑，我真傻，怎么能看人家的情书呢。

忽然他说，那是她的第一封信，第一封。

说完就吸溜吸溜地哭起来。年近七十的老头，哭得像个孩子。

没多久，沈从文去世，把无限眷恋留给白发苍苍的三三。

他为她的第一封信哭得又伤心又快乐，为她的一句赞赏"欢喜得要飞到半空中"，为她的一次生气陷入无尽的苦恼，甚至要轻生。是的，他这一生，顽固地爱过一个女人，至死不渝。

来到凤凰，我看到他的墓矗立在一个小山包上，孤零零的。墓碑对面是一片悬崖，崖边长着大丛的虎耳草，《边城》里的翠翠，只有在梦里才能摘到。

时隔一个世纪，薄薄的信笺已泛黄。纸上的文字，每一条横竖撇捺都掩藏着百般心事，那样温暖缱绻。

时光就此定格。

浮生万物，静待相逢

"为什么我爱"你，先生

因为风不要求草

去回答，当他经过时

不能够不动摇的原因

——狄金森《"为什么我爱"你，先生？》

"你会喜欢上一个既听不见，也说不出话的人吗？"

两周没开 QQ 了。登录后，对话框弹出前同事郭识这句留言。

回复后，她也在线。于是我听到这样一个故事。

那天，郭识在站台等车，视线被身旁两个正用手语交流的年轻人吸引过去。大学时，郭识曾做过志愿者，常去聋哑学校帮忙，对手语很熟悉。她看出，女孩是在问路，她要去亚运村图书大厦，而男孩用手语说他也不知道。一向热心的郭识走过去，用手语将具体路线告诉他们。上车前，出于友好，细心的郭识还留下了自己的微信。

第二天，那个男孩就给郭识发了私信。他叫牛犇，在一家软件公司工作，父母都在江西老家。郭识很快回复，还鼓励牛犇好好工作。

就这样，两人的聊天逐渐变得频繁。偶尔，牛犇还会约郭识出来，一起在附近的街心公园逛逛。虽是手语交流，郭识也丝毫未觉有沟通障碍。

牛犇喜欢自己，郭识知道，而自己竟也慢慢喜欢上他了。

这天终于来了。牛犇捧了一束鲜红的玫瑰走到郭识面前，红着脸认真用手比画，让我做你男朋友好吗？

郭识又惊又喜，矛盾的心情也随之而来。比如，牛犇这辈子永远只能用手比画我爱你，家人一定不会同意。心乱如麻，于是她找了几个好友，群发了那个问题——你会喜欢上一个既听不见，也说不出话的人吗？

收到的回答都是否定的。郭识说，那几天难过，忧虑，心里不是滋味。牛犇好像也觉察到了她的异常，却一如既往地关心体贴她。

接下来的两周，郭识不懈跟家人做思想工作。牛犇真的很优秀，他善良，细心，责任心强，对生活也乐观积极。慢慢地，大发脾气强烈反对的父母态度也渐渐缓和下来，说见见这小伙子再说。

郭识带着牛犇回家的路上，忐忑不安，他却特别开心。他用手跟她比画，放心，你家人一定会喜欢我的。我要让他们知道，我会好好照顾你一辈子。

进了家门，郭识对父母说，这就是牛犇。

话音刚落，她做梦都想不到的事发生了。牛犇一下扔掉手中的礼品，抱着郭识脱口而出，你会说话啊？

每个人都惊讶得说不出话，愣着。原来，牛犇会手语，是因为他母亲是聋哑人。

忽然，郭识喜极而泣。即使牛犇以为她也如此，却仍坚定地爱着她。

始终以为，真正的爱该是这样，简单，纯粹，不掺一点杂质；物质，利益，世俗，一点都没有。不需要语言，两颗心就够了。

三毛在德国便遇到了这样一个人，她说，无论我如何一拐一拐地绕圈子，总觉得有一双眼睛，由窗内的办公桌上直射出来，背上有如芒刺般地给钉着。有人在专注看我，而我不敢看回去。

奇妙的感知犹如神幻的魔术。

她在车站中来回走动，直到那个人走过来，那个如《雷恩的女儿》中英俊逼人的男主角般的军官。

他替三毛办了一张临时证，拍快照时，那位军官将三毛的一枚小照放进了自己上衣口袋中。当她走过那条通往东柏林的通道时，他深深看了她一眼，慢慢说了句，"你真美"。那样伤感，却不知该说什么。道了别，她默默走开。

后来三毛说，人生中，总是会有那么一个人，他是陌生的，却又是熟悉的。但是他又是真实的，就那么站在那里，淡淡的一眼相望，便令人想在他的眸子里甜蜜沉醉。

便是这样一个人，只用一瞬光阴，却叫人一生难忘。他就在我们的记忆中，一生清晰，历久弥新。不去深究则罢了，一旦细想，便零零落落地牵扯起丝丝缕缕的留恋来。

我是为我的心。

这句话三毛说过，黛玉也说过。

省亲盛典，她敢为宝玉代笔替他作弊；烈日当空，她敢把宝玉阻在屋外；元宵盛宴，她敢在众目下把自己的酒杯递

到宝玉唇边；潇湘馆里，她敢在困倦时让宝玉和她一起躺在床头。

难怪人们不喜欢她。她做了所有人想做却不敢做的事，也因此得到了所有女人想要得到的那个人的真心。

这样柔弱而勇敢的女孩，爱上了，便忘掉整个世界，眼中、心中除了他，再无别人。

如此纯粹，只听凭心的差遣。就像潘多拉星球茂密的丛林里，灿烂的生命树旁，那遍体通蓝的纳雅人。

是的，阿凡达。我们没有赶上档期，于是你复制回来，说一定要和我看一次。

纳雅人有一句话——I see you，两个不同星球的人，一旦相爱，即能穿透对方的体肤，直视彼此内心。

这大概便是传说中，心与心的相逢。

很久没有这样纯粹的感觉。不知我们是否都能有幸遭遇如此深刻无悔的爱，可以用一生来怀念。

也许实在太美，所以无望。

那些电影，一起看的人不知是否还记得。悄然流逝的并不只是时间。天阔云闲，载酒买花，原是年少事。

所爱隔山海，山海不可平

七月七日长生殿，夜半无人私语时。
在天愿作比翼鸟，在地愿为连理枝。

——白居易《长恨歌》

小时候，常在盛夏众星朗朗的夜晚，听外婆讲牛郎织女的故事。那时，每到七夕之夜，我总会仰望星空。

故事如今清晰地萦绕在耳畔。

银河两岸如天地日月之遥，会有十万只花鹊如约飞出，搭成渡桥，让隔河相望、对饮寂寞相思的牛郎织女重聚。执手相依桥上，无语泪千行。千年的等待，冷却了人间多少故事，不老的只是鹊桥边，那剪不断的情丝。

柔情似水，佳期如梦。

素描绘成的星盏，在当年那个翘首仰望的人心中，婆娑成千古流传的记忆。

星桥鹊驾，经年才见，想离情、别恨难穷。牵牛织女，莫是离中。

易安说，天上日夜相隔的牛郎织女，今夜尚能得短暂聚首，而人间的恩爱夫妻，此刻却要两地分离。

其实，在爱情里，最深的欲望便是最简单的相伴。我们穷其一生去爱，并不只为一次回顾，一句嘘寒问暖，一个拥抱，而是盼同饮食、同睡眠、同老去，同睡一个墓穴。

所以，在我心中，最浪漫的三个字不是"我爱你"，而是"在一起"。

想起十年前那个七夕。

堂姐的台湾男友正忙着给她准备七夕的惊喜。他把两人恋爱以来的合影做成电子相册，请了九天假，买好了机票。他说，只是想好好陪在她身旁。

自从堂姐开始谈起这段跨越海峡的恋爱，她跟男友的联络就只能依靠网络和电话，有时一天要视频聊天三四个小时。对于这对跨越海峡的恋人而言，相依相伴的小日子是种奢侈的幸福。

牛郎和织女一年相会一次，我们一年见面寥寥数天，分离的苦体会得特别深。

电子相册中，我总忘不了这句话。他们努力打破亲戚朋友对远距离恋爱的不信任，坚信彼此会在一起。

如今，堂姐和堂姐夫相携相伴，已共度十个七夕。

一份情，缠缠绵绵，牵牵绊绊，生生世世。

不跟随玫瑰的脚步，没有巧克力的甜美，甚至，不说我爱你。可你眼里不经意透露的光芒却穿越我的生命，照着白头，和你我颤巍巍紧握的手。

公元 978 年七月初七。玉楼佳宴，缓歌慢舞，李后主在四十二岁庆生宴上，与小周后上演一场生离死别的悲剧。唱曲仍然婉转，舞姿依旧缠绵，美酒却变了模样。那牵机药在他胃里燃烧成海，焚烧五脏六腑。他知道，这一天注定是如此不安分。回思，看打翻的案几，那墨迹依然静静停留在纸上，停留在那年七夕，停留在他的生命里。

生于七夕，逝于七夕。

春花秋月，往事难了。

人们都说，最是无情帝王家，唐明皇与杨贵妃的情却偏偏破茧成蝶。这是一场盛大的私奔，亦是一桩生死追随。情人眼里只有情人，管什么帝王霸业，怕什么后妃乱纲。全世界只剩下一个你，在天，就比翼双飞，在地，则连理共枝。

爱情，能不能这样纯粹地勇敢，只牢牢握住你的手，只看得见你眼底的情愫，遇千险而不退却，历万载而不终情。

七月七日长生殿，夜半无人私语时。在天愿作比翼鸟，在地愿为连理枝。

整首《长恨歌》，我偏只爱这两行。

七夕快乐。你远远的声音传来。这条微信像黑夜里的一张脸，我努力张望却看不见表情。

我不回忆所有曾经荒唐的梦想。你身在何方，你幸福忧伤都与我无关，我独自留守一方，流放。没有谁陪我天荒，我也不用对谁说我爱你。

我开始学着爱自己，爱镜中那个长发女子。她任性，她叛逆，她有时还会骗我，但她不会伤我，因为我的痛便是她生生的疼。我对她说，七夕快乐，不要悲伤，你还有我，我爱你。我会陪你一起慢慢变老，我会陪你一起死去，我们永不分离，我们一起说幸福天长。

我不喜欢物是人非的世界，
我只喜欢你

2

静谧时光里，独自盛开

不要惊动，不要叫醒我所亲爱的，等它自己情愿。

——《圣经·雅歌》

在出租车里听电台广播，那期节目的话题是《暗恋》。

一位听众打进电话："上高中的时候我特喜欢一个女生，偷偷跟人问到了她的手机号，存进通讯录时还特别臆想地把她名字记成了老婆。

"有一次，我和她坐同一辆公交回家，她找不到手机，问我借手机拨她的号。当时我想都没想就把手机递给她了。直到她拨通自己的号之后满脸通红盯着我看时，我才突然意识到发生了什么。"

我哑然失笑。

酸的，苦的，辣的。暗恋的味道最终回味起来，都是甜的。伴随着青春，伴随着情窦初开，伴随着单纯与美好。

千年前，那该是阳光静好的一个春日，鄂君子皙泛舟于河上。那个越女，只惊鸿一瞥便芳心暗结，她用他听不懂的语言唱出了只有自己才懂的心情。

山有木兮木有枝，心悦君兮君不知。
一曲毕，即永恒。

那条河流淌了千年依然静谧不息，爱的恋曲随那湾河水缓缓流泻，悠扬婉转，空灵韵致。

《情书》，该是很多人记忆深处抹不掉的最深的暗恋了吧。我们看，我们写，一遍一遍不厌其烦地梳理着年少不知愁滋味，回味爱的博大与徒劳。

高中时，曾和一好友租了《情书》的碟来看，这么多年过去了，很多镜头仍念念不忘。纯白的雪地，粉嫩的樱花，图书馆淡粉色的窗帘下忽隐忽现的少年……印象最深的，是白雪皑皑的群山之中那句泪流满面的问候。

——你好吗？

——我很好。

记忆与消逝的回音，生与死的距离，默默地眷恋一个人，一切都那么珍贵。

那段暗恋，如静水深流般缓缓渗出，在藤井树与博子的通信中，一步步真相大白。最后，藤井树看到那幅画像感动落泪。时间深处，居然有如此曲折婉转的一段心意存在，百转千回，让人的心瞬间变得柔软澄澈。

这样纯净的爱恋，在静默中没有任何要求地存在着。暗中点亮的火苗，只用来温暖自己的灵魂，照亮对方的眼睛。没有私心，没有功利，它只为信仰而存在。而在充满了怀疑、背弃的现实世界里，爱，更多时候沦为了一种用来衡量、评判感情的工具，还有多少人是在把爱当成一种信仰来追寻。

又想到那只终其一生等爱的狐狸。

小王子爱着那朵骗着他，骄傲的玫瑰花。他为它清理活火山，做玻璃罩，时时刻刻想着它。于是，那朵普通得不能再普通的玫瑰花成了世上的唯一。

这世上，可以将平凡灌溉成唯一的，就是爱了吧。

小王子说，如果你爱上了一朵生长在一颗星星上的花，

那么夜间，你看着天空就感到甜蜜愉快，所有的星星上都好像开着花。

他爱上了普通的花，但收获了唯一的星空，每颗星都散发着玫瑰的香味。

狐狸却对他说："对我而言，你只不过是个小男孩，就像其他千万个小男孩一样。我不需要你。你也同样用不着我。对你来说，我也不过是只狐狸，就跟其他千万只狐狸一样。然而，如果你驯养我，我们将会彼此需要。对我而言，你将是世界上独一无二的了；我对你来说，也是世界上独一无二的了。

"如果你驯养我，那我的生命就会充满阳光，你的脚步声会变得跟其他人的不一样。其他人的脚步声会让我迅速躲到地底下，你的脚步声则会像音乐一样，把我召唤出洞穴。

"你看，看到那边的麦田了吗？我不吃面包，麦子对我来说一点意义都没有。麦田无法让我产生联想，这实在很可悲。但是，你有一头金黄色的头发，如果你驯养我，那该有多么美好啊！金黄色的麦子会让我想起你，我也会喜欢听风在麦穗间吹拂的声音。"

　　我羡慕那朵骄傲的玫瑰花，却心疼那只等待被驯服的狐狸。在逐爱的途中，我们应倔强如玫瑰花一般骄傲地被爱，还是像那只狐狸一样，明白所有的一切，然后安静等待。

　　小王子最后还是离开了狐狸。

　　"那你还是什么都没得到吧？"小王子问。

　　不。至少，我还拥有麦子的颜色。

　　说什么独角戏，怕什么暗恋苦，还是非得把什么攥在手心里，真的要这么在意吗？

　　从此，难过的时候，我会记起麦子的颜色，就像是有人在很远很远的地方为我点亮了一颗星星。

　　我是世上唯一的一只狐狸，因为曾被你驯养过。

因为喜欢你，我成为更好的自己

我爱你，与你无关
真的啊
它只属于我的心
只要你能幸福
我的悲伤
你不需要管

——卡森喀·策茨《我爱你，与你无关》

小美人鱼为了与王子相见，忍着剧痛将鱼尾变成人腿，来到他的世界，却无法将爱说出口，眼睁睁看着王子与公主在一起。她狠不下心伤害爱人，于是纵身一跃，化成了海中一堆洁白的泡沫，在阳光照射下，慢慢消失。

妈妈柔柔的声音传来，"慧慧，故事讲完了，乖乖睡吧。"

我滑进被子，"妈妈，小美人鱼会很疼吗？"

"应该是很疼的吧……"妈妈帮我掖了掖被子。

安徒生多么残忍，自始至终，王子都不知道小美人鱼的爱，而这却让她近乎疯狂地倾尽所有，相付一生。

那样悲凉，那样凄美。

爱情，到底能让人卑微到什么程度？

想起茨威格《一个陌生女人的来信》里，那个同样对爱执拗的女子。

十三岁的她怯怯地躲在角落，看着家对面一个成熟男人的身影。他是个作家，他用许许多多的书堆积起来的儒雅、歌声、笑语，成为青涩少女心灵的全部梦想。

于是，她趴在窗口固执地望着对面的灯光；借故帮他的管家收被子闯入他家；离开六年后再回到他身边，看他和一个又一个女人调笑，漠然地路过她。终于，在一个傍晚，倔强的她抛弃少女的矜持，投入向往已久的怀抱。

她赤裸地躺在这个男人身边的第一夜，说："我仿佛亲近了年少的梦想。"

自少女时便萌生的爱，长久的等待，让她在绝望中把这个男人变成她的梦想。只要是梦想，她便有足够的勇气去追逐，只要接近一点点，得到一点点，她就满足。

他说，他会很快回来，回来就来找她，就这样轻易而拙劣地离开了她。她却怀了他的孩子，远走他乡，在战乱里奔波。为养育孩子，她出没欢场。

兜兜转转，她又落入这个男人的怀抱。当她终于以女人的方式与这个男人纠缠在一起时，从未改变的，是年少时代那

份固执的，不肯长大的爱。谁能想到，年少的爱恋竟如此绵延漫长的一生。

　　而他却再一次没有认出她，没有认出她是对面十三岁的少女，没有认出她是曾出现在他生命中清丽的女学生。然而，他摆脱她的方式，始终如一。

　　她全心等待他不时的召唤，珍惜着和他在一起的短暂时光，拒绝所有人的求婚。但是，他始终没有爱上她。这么多年来她的心意，他毫不知情。

　　她说，我该走了，站起来，穿好衣服，戴上首饰，麻木地看着他往她的包里塞着嫖资。她再次告别那个男人，在清晨的庭院里，与男人的管家相遇。管家清楚地记得与她每一次的相逢，一如当年见到十三岁的她时一样，说了句："早啊，小姐。"

万种心酸如蚁虫爬过心头，噬咬，她终于忍不住掉泪。这个管家在她人生各个阶段都见过她，是她坎坷一生的见证人。

全世界的人都知道我爱你，可我站在你面前，你却不明了。

她强忍内心的苦痛，走过去，把男人给她的钱塞在管家手里，义无反顾地冲出门外。

他们的儿子患病离她而去，她也重病缠身不久于人世。她终于鼓起勇气，用饱蘸苦痛爱意的笔写下了对他最完整最无私的爱情。信中，她说："这个世界上没有什么可以比得上一个孩子怀有不为人所觉察的爱情。因为这种爱情不抱希望，低声下气，曲意逢迎，委身屈从，热情奔放，这和一个成年妇女那种欲火炽烈，不知不觉中贪求无厌的爱情完全不同。"

良辰美景奈何天，为谁辛苦为谁甜。这年华青涩逝去，明白了时间。

博尔赫斯问：

我用什么才能留住你？

我给你萧索的街道、绝望的落日、荒郊的月亮。

我给你一个久久地望着孤月的人的悲哀。

我给你一个从未有过信仰的人的忠诚。

真正爱一个人，是说不出口的。我那么爱你，你让我怎么忍心告诉你我那么爱你，这一生，情愿为你画地为牢。就像我看了两遍的《致青春》，最后跪在所有男生梦中情人阮莞墓前的，竟是张开。他流泪：没有人知道我一直爱着你，我怀着对你的爱，就像怀揣着赃物的窃贼一样，从来不敢暴露在光天化日之下。

那么多年的满天星，原来都是这个其貌不扬的男生送的——而满天星的花语就是，甘愿做配角的爱。

小美人鱼会很疼吗？耳边一道童音传来。

应该是很疼的吧。我从心底轻叹出声。

这么近，那么远

你
一会儿看我
一会儿看云
我觉得
你看我时很远
你看云时很近

——顾城《远和近》

她们总喜欢害羞而兴奋地谈起他，那么才智过人，年轻有为，雄姿英发。就像一颗颗行星不停绕着太阳转，等待着距离太阳最近的那一刻，被照亮。

然而，这些于她，都没有关系。

她只是吴宫乐坊中一个卑微的弹筝者，也因此于乱世中得一安身处。

那一年，主公与他征讨江东，攻取皖城，带回了乔国老二女，倾国倾城的大小乔。凯旋那夜，他们交杯换盏，唤她弹一曲《广陵散》。

她见到了他。这样温暖的男人。

主公对他说："乔公二女虽流离，得吾二人作婿，亦足为欢。"得意之情溢于言表。

那一刹，她的心突然停了一拍，弹筝的手微微一抖，音符随之滑过。他转过头，轻轻看了她一眼。

并无责备，这也许只是他不经意的一瞥，短得甚至看不清那个慌乱的弹筝人。纯熟的弹筝经验让她很快将音乐自如流畅地接了下去。

她怔怔地看着他。

他将迎娶小乔，郎才女貌，天作之合。

这些于她，都没有关系。可是，她的眼角有泪滑过。

她是个卑微的弹筝人。在世间，有筝处，才有她的价值；有筝处，才有她的安身之所。

然而，他的那一眼，已烙在她心上，铭心的疼痛缠绕刻骨的甜蜜，成了劫。

躲不开，逃不掉。

如若，能再一次得到他的注视，她愿倾尽所有去交换。

那一天，主公携大乔设宴款待宾朋，其中有他，及初嫁的小乔。

盛宴上，她准备在那首平日极为娴熟的乐曲中，故意出错，以换来他的再一次注视。而这一次，她不会再仓皇避开他的目光，她要抬起头，勇敢地迎接他的注视。

他会讶异吗？他会听懂每一个音符流出的绝望吗？

想到他，弹弦的指尖开始颤抖，她努力想平静下来，叭！刺耳的声响随着断了的弦崩裂。那渴望已久的目光此刻正落在她身上，然而，她终究没敢抬眼迎上去。

爱低入尘埃，她已将自己的所有后路截断，仍是没勇气去享受那片刻饮鸩止渴的甜蜜。

她的泪簌簌掉落。

片刻寂静之后，人群涌起一阵骚动。被扰了兴致的主公极没有耐心地摆摆手。她明白，这一次，是永久的离别，离开吴宫，离开她的安身之所，离开他。

她流落到了民间，嫁人，相夫，教子，慢慢老去。

他继续四处征战，英勇，骄傲，辉煌，所向披靡。

有一天，她穿过曲曲折折的长巷，以往满是吆喝声的集市那天却莫名寂静，一个鱼贩子正和身边的几个人低声说着话。她经过他们的时候听到，周郎没了。

举国皆恸。

"行云流水音犹在，从此曲误无周郎。"

她蹲下身。路边的人来了又走，然而永远不会有人知道，她就是那句歌谣里，曾得他回顾的那个女人。

这么近，那么远，现实和梦境相叠。我埋首寻路，不愿看见内心的牵连。

原来所有微不足道的叠加，就成了无法言说的沉重。所有的空重合，就成了密不透风的惆怅。

我们总为某些永远不会实现的梦坚守着，奔跑着，直到有一天我们和自己分道扬镳。而回首这段惨淡的流年，竟是我们人生中最好的时光。

暗恋中的时间，仿佛真的可以拿来做材料，让你用极大的耐心，将它们雕刻成精美的塑像，然后摆满你感情的阁楼。

梦里我问白雪公主，王子要是不来亲吻你怎么办？她说，就一直睡着，他终归会来。爱，即为彼此而生，若不能相惜，醒着也是百无聊赖。

少年心事，自来无人知晓，即使你我都从青春年少一步步走来。

维特看见绿蒂，我却看到你。我想跟在你身后，不惊动你，不打扰你。我想在你需要的时候，伸出手，给你温暖。

我们这么近，又那么远，你是我无法摆脱的宿命。我翻越千山万水，也走不进你心里。我告诉自己，我不哭，我爱你。

那时，觉得自己便是待人采摘的花朵，生怕一不小心，就错过了花期。叶子黄了，我的爱情也一并黄了。我仰起脸，试图让眼泪流回心底。如果有一天，你住到我心里，你会发现里面是为你汇集的一整片悲伤的海洋。

那些爱过的人，做过的事，都已沦为往事。多年后再想起，仍会心动。少年维特，早早识得，只是那时还不懂，思念如流水这般绵延。是否有一天你会知道，有一个女孩在她一生中最美好的时刻，心却全都系着你。

知道你在这世上某一处活得不寂寞，我就很满足。

我暂时不快乐，可是以后会好的。

人间多寂寥，你比人间更寂寥

深情即是一桩悲剧，必得以死来句读。

——简媜《四月裂帛》

上午十点，醉了一夜的慕尼黑还没醒，大街悄无声息。

教堂的钟声散去，我默默离开。开车在浪漫之路狂奔两个多小时，深绿色空气，连绵的农田，成群的牛羊，零散的小木屋，无边的原始森林，终年积雪的阿尔卑斯山……从我目之所及处一一掠过。

来到巴伐利亚的富森小镇，终于看到了心心念念的新天鹅堡。天地间最唯美的建筑，童话般的仙境。而谁又能想到，这样美的城堡，却是用一段凄婉绝望的爱浇筑而成。

城堡的主人，路德维希二世，一个痴情、倔强、浪漫、疯狂的君主。他倾心于巴伐利亚山区，偏执地相信白雪公主的故乡就在这片美丽的山林中。

他心里恋了一辈子的人，是茜茜公主。他为她设计建造了这样一座童话城堡。一汪湛蓝，一片洁白，静谧中内敛着疯狂。

就是这样的执拗。

当共同度过的童年结束时，当茜茜成为奥地利国王的新娘时，当与茜茜永远分别时，他下定决心，缅怀爱情，公开伤心。

信笺里，他称茜茜为世上最了解他的人。这样苦涩的宣言，这样卑微的告白。完全是被迫的祝福，献给远在维也纳的她，将自己封存，此后一生未娶。

每次想你，我就发现自己所在的城堡，原来不过是一座囚禁思念的地牢。

从城堡里，透过窄窄小小的窗户能看到窗外的山和湖。寒气不停侵袭，我不由想，若他住进亲自设计的这座城堡，会更悲伤。奢华的家具，只能独自享用；偌大的舞台，没人陪他欣赏歌剧；豪华的大厅，每天六百支蜡烛为他一个人点亮。

在他的葬礼上，茜茜晕倒在灵柩前。醒后，她坚决要求把他从棺木中取出来。她说，国王根本没有死，而是故意这样做，为了在这个世界和他无法忍受的人们面前得到永远的安宁。

或许，孤独岁月中，茜茜会时常想起若干年以前，与他的欢乐时光。

或许，他只是在湖泊的怀抱中沉沉睡去，天亮就醒来。

一帧帧画面，诗一般忧伤，却只是梦一场。

一如他给她的那封信："真挚的爱和深切的仰慕以及温馨的依附感早在我还是孩童时代就已深深埋在我的心中，它使人间变成了天堂，只有死亡才能使我解脱。"

眼前的风景美丽依旧，却悲凉。远望那美轮美奂的白色城堡在云雾缭绕中矗立，我有点后悔。也许不了解这来龙去脉，城堡会更像童话世界那般美好。

童话的光芒照不进现实。

不忍触碰。

古人说，情深不寿。而若能爱你，命何足惜。

今天，北京的第一场雪飘然而至。我靠在床头，重温那部让人忧伤的电影——《剪刀手爱德华》。

天为什么会下雪呢？小女孩问外婆，一脸天真。

一阵沉默。那是很久以前的事了。

窗外漫天飞雪，外婆的声音变得悠远。

干净透明的天空，幽森隐秘的古堡。他藏在黑暗中，拖着一双剪刀手。伤痕累累的脸，单纯惊恐的双眼，孤独的脚步。

他初次见她。她在照片里，看他，微笑。他也笑。她初次见他，惶恐大叫。他用冰冷的剪刀手努力遮挡苍白的脸，惊恐的眼神，无辜而无助。

他愿为她做一切，却总是笨拙。无意中脏了她的衣裙，无意中伤了她的手。

她从慌乱到接纳。

——抱我。

——我不能。

多让人心疼的对白，剧情开始凌厉，残酷。他含泪望着心爱的女孩，他深爱，却还是放弃。她慢慢靠在他怀里，正是圣诞夜。他修剪雪花，她翩翩起舞，天使一般。

那一刻，是童话。

注定是要回去的。她穿上带血的礼服，他回到与世隔绝的城堡。

再见。

再不能见。

心痛着，泪无可遏制地流下。最后那句我爱你，我多么难过，开口便成永诀。而他终于知道，这世上他唯一爱着的人，也爱着他。

已经足够。

年复一年，他雕刻的冰化作漫天飞雪，每个冬天如约而至，铺天盖地，诉说着亘古的思念。

年复一年，她遥望古堡，雪花中起舞。

白发苍苍时，炉火旁，她对小孙女说，从那以后啊，小镇上每年都下雪了。

又一个童话。海的女儿一样，心碎掉的，纯粹的童话。

约翰尼·德普说，以后要放这部电影给他孩子看，瞧，那时爸爸妈妈多酷。

后来，他把永远的薇诺娜·瑞德改成永远的酒鬼。

后来，薇诺娜盗窃被抓，记者问德普，他轻轻回一句，她在我心中永远是天使。

后来，各自徒耗剩余生命。

后来，再无后来。

就像另一个星球上小王子无声倒下，就像小人鱼永失爱人化为泡沫。

总是这样的结局。

为什么不是，从此以后，王子和公主过上幸福的生活。

流年，宿命，轮回。

伤口，疼痛，爱。

莫失，莫忘。

3

许我一段时光，
赠你一场春暖花开

静坐时光里，与谁相对

"嘘！那边窗户里亮起的是什么光？哦，那是东方，朱丽叶就是太阳！"

——莎士比亚《罗密欧与朱丽叶》

在奥普拉·温弗瑞主持的一个向全美播出的节目现场，故事的男主人公向人们讲述了他对妻子几十年来忠贞不渝的爱。一段尘封的往事在岁月的流淌中慢慢浮现。

1942年寒冬，纳粹集中营内，一个孤独的小男孩抓着铁栏杆正向外张望。此时，一个小女孩恰好从集中营前经过。小男孩紧盯着她，小女孩同样也被小男孩的出现所吸引，她将一个红苹果扔进铁栏。

小男孩弯腰捡起那个红苹果，一束亮光照进他那尘封已久的心田。

第二天，小男孩又来到铁栏杆旁，向外张望，企盼她的到来。小女孩同样渴望能再见到那个身影，于是，她来了，手里拿着红苹果。

第三天，寒风凛冽，雪花纷飞。两个年轻人仍然如期相约，通过红苹果在铁栏的两侧传递着融融暖意。

这动人的情景持续了很久，铁栏内外两颗年轻的心天天渴望重逢，即使只是一小会儿，即使只有几句话。

终于有一天，男孩眉心紧锁地对小女孩说，明天你不用再来了，他们要把我转移到另一个集中营去。说完，他转身而去，连回头再看她一眼的勇气都没有。

从那以后，每当痛苦或悲伤时，女孩恬静的身影便会出现在他脑海中。她的明眸，她的关怀，她的红苹果，所有这些都在漫漫长夜给他送去慰藉，带来温暖，给予他生的希望。

1957年，美国。两位成年移民无意中坐到一起。

女士问，大战时您在何处？

男士回答，那时我被关在德国的一座集中营里。

女士回忆道，哦！我曾向一位被关在德国集中营里的男孩递过苹果。

男士猛然一惊，他问，那男孩是不是有一天曾对你说，明天你不用再来了，他将被转移到另一个集中营去？

啊！是的。可您是怎么知道的？

男士盯着她的眼说，那就是我。

一阵沉默。

男士说，我再也不想失去你，愿意嫁给我吗？

愿意。

他们紧紧相拥。

他在节目现场说，在纳粹集中营，你的爱温暖了我；这些年来，是你的爱，使我获得滋养；我现在仍企盼你的爱能伴我到永远。

有一种相逢叫缘分，它会想方设法让两个前世有约的人相遇相知。纵使千回百转，海角天涯，也可以灵魂相通。那种无可言说的默契，会让两个人看到彼此前世的影子，闻到熟悉的味道。

不管喧嚣纷扰，我听得到你。

不管星海浩瀚，我看得到你。

不管人海茫茫，我找得到你。

物换星移，唯爱永恒。这人间因果宿命，冥冥中早有安排。

那个比三毛小六岁的大男孩认真对三毛许下誓言，她唯有感动，却不愿相信。六年后他们重逢，荷西的执着将她打动。从此，异国他乡，得一人携手，陪她走进黄沙漫天的撒哈拉。

在那片荒原，他们经受风霜，尝历苦楚，走过风雨相伴的人生。

他们用六年的时间来辜负，又用七年的时间相偎依，再用一生的时间来离别。人生缘起缘灭，来来去去，离离合合，缘来，不问你是否需要；缘尽，亦不容你是否舍得。有些人，携手一程就分道扬镳；有些人，走遍万水千山终不离不弃，哪怕在一起老去的过程中，有人曾绕过一些路，去看了别的风景。

在伦敦，美丽的康桥，那个风流倜傥的男子徐志摩，令林徽因第一次心动。她是采撷风景的人，而梁思成始终在原地相守。当她停下脚步，偶然回眸，发觉那个人还在，一直在。或许是累了，或许是感动了，于是故事的最后，有一种遗憾，叫错过；有一种缘分，叫重来。林徽因无悔于过往的痴情，梁思成亦没有追究曾经的失去。

如若没有曾经的失去，就不会有将来的得到。都说缘分注定，可究竟哪一段，是真正属于自己。我们都是人间的飘萍，可知谁是落花，谁是流水，谁是过客，谁是归人。

很多年前，爱读席慕蓉的诗。于是总期待，在开满栀子花的山头，可以与某个有缘人相遇。也许后来真的遇到了，也许也曾携手走过风雨，然后直到某一天，我们又孤独到将彼此忘记。

流年日深，许多事已模糊不清。

陌上红尘，谁是谁的尘缘劫。

此生棠棣开荼蘼，三遍荣华不如你

从前的日色变得慢

车，马，邮件都慢

一生只够爱一个人

——木心《从前慢》

在旧金山的那些日子，我总喜欢沿着起伏有致的街道，一路漫步到渔人码头。

傍晚的渔人码头很凉爽，到处开满了花，街头有各种各样的艺人在卖艺。顺着木质地板一直走，眼前出现的便是阿甘虾餐厅。

这是根据电影《阿甘正传》而设计的主题餐厅，门外摆放着阿甘在影片中等巴士的长椅，他的跑鞋，伴随他成长的信匣子和巧克力，旁边静静躺着的是那片羽毛。

店里的屏幕放着《阿甘正传》，有一间仿照阿甘母亲饭厅设计的阿甘的家，餐厅的墙上各处都贴着电影海报、道具，餐桌上的酒水牌是阿甘代言的乒乓球拍，调味品盛在钓虾桶里，还有来自世界各地的服务生给你讲述阿甘以及这家餐厅的故事。

整个餐厅就是《阿甘正传》的重现，每一个角落都能让人回忆起电影片段。

在桌旁坐下，抬头看到墙上的一句话：

Jenny and me was like peas and carrots.（珍妮和我是天造地设的一对。）

突然明白，为何有人一看《阿甘正传》，眼泪就止不住地流。所有情节还历历在目，所有感情仍记忆犹新。

一个南亚拉巴马州的"傻子"阿甘，一辈子喜欢的唯一一个女人就是珍妮。

他们一起上学，一起长大。阿甘始终爱着珍妮，不管她做了什么，不管她身在何方，不管她变得多老，阿甘始终在他南亚拉巴马州的家里，日夜思念他的姑娘，等着珍妮回来。

在华盛顿，珍妮问阿甘为什么对她这么好，阿甘并没有说因为我爱你。他只是用单纯的眼望着珍妮，说：You are my girl.（因为你是我的女孩。）

为什么此时他没说我爱你？如果我爱你，而你不爱我，那么我就无法承受，我也许会找另外

一个女人去爱。然而，如果你是我的女孩，一切就不一样了。我可以接受你的逃离，承受你的背叛，我也可以为了你忍受孤独。因为，从遇见你的那一刻我就知道，你是我的女孩。

影片结尾，阿甘站在珍妮墓前，最后才说，我爱你珍妮。

这就是阿甘，这就是他的珍妮，这就是他的爱情。

感动，并非因为他终于娶到珍妮，而是因为他拥有了许多人终其一生都未曾有过的——爱情。

想起《红楼梦》中，黛玉满怀醋意地问："宝姐姐和你好你怎么样？宝姐姐不和你好你怎么样？宝姐姐前儿和你好，如今不和你好你怎么样？今儿和你好，后来不和你好你怎么样？你和她好她偏不和你好你怎么样？你不和她好她偏要和你好你怎么样？"

宝玉呆了半晌，突然大笑道："任凭弱水三千，我只取一瓢饮。"

你是这芸芸众生中我的唯一，我的眼里只有一个你。

一生只爱一个人，一世只怀一种愁。

一如《郑风·出其东门》中那个淡然道出"虽则如云，匪我思存"的男子。这样的男子必定是眉目朗朗，内心坚定的。他的世界天地简静，山河无尘，因为他确定，弱水长流，只取一瓢饮，世界大千，只作一瞬观。纵使乱花渐欲迷人眼，也不能撼动丝毫，他的爱情里没有更好或次好的备份。只能有一人，非如此不可。

曾看过一篇文章，一对年迈的夫妇，坐在自家的院子里晒着太阳，妻子问丈夫，你这一生爱过几个女人？

丈夫望着远处的天，慢慢说，我这一生总共爱过六个女人。

妻子听了，又惊又气，起身要走。

丈夫拉住她的手，淡淡笑着说，她们分别是我初遇到的二十岁的你，嫁给我的二十五岁的你，为我照顾孩子、做家务的三十岁的你，陪我到处旅行的四十岁的你，我生病时陪伴我的五十岁的你，还有就是与我坐在院子里晒太阳的现在的你。

人的一生，如若可以只看一出戏，只听一支曲，只饮一种茶，只爱一个人，如此专注而潦草，该有多好。

红尘有爱，盈花香满怀

宜言饮酒，与子偕老。琴瑟在御，莫不静好。

——《诗经》

在五道口等车时，我看到一个扎马尾的女孩，着一袭白色连衣裙，穿着平底鞋，却一路歪歪扭扭地走着。

女孩之所以这样，是因为她男友的胳膊正搭在她肩上，紧紧搂着她。男孩比她矮一些，所以她总要别扭地向一侧半弯着身子，才能协助他完成"搂着"这个动作。

两个人都笑着，絮絮地不知在说些什么。男孩忽然凑近一点，轻轻吻了女孩脸颊一下。

他们笑得更开心了。

爱，即是在每一个平淡的日子里，可以和对方相拥而坐，相视而笑，即使相顾无言，你的深情，我的爱意，眼眸中流淌着的爱的气息，便是承此一诺，真爱一生。

电影《游园惊梦》中，荣兰问翠花，你最想得到的是什么？

翠花淡淡答道，有人关怀，惦着我。

那得月楼里的那些狂蜂浪蝶呢？

他们只是欣赏我，想占有我。

她是得月楼里名头最响的古翠花，多少男人掷千金，只为博她一笑。奈何风月场中无真情，她不曾被浮华蒙眼，心下清明：一个女子所求的不过是一份静如止水的关怀与惦念，不必惊天动地，亦无须轰轰烈烈。

有时候，女人要的再简单不过。大千世界，只那一人关怀她，惦着她，就已足够。正如舒婷的诗：与其在悬崖上展览千年，不如在爱人肩头痛哭一晚。

佛曰，留人间多少爱，迎浮世千重变。和有情人，做快乐事，别问是劫是缘。

我一直以为，和一个人在一起，就是共建一方小天地，简单，安静，亦自有其宽广。我可于此安放自己的坏脾气，对人事的种种笨拙，还有平日里层层包裹的柔软的心，亦能安放只属于两个人干干净净的记忆。平凡，淡然，沉静，让人感觉踏实而心安，我们在这方小天地里，天长日久。

平凡，这样一个简单的词语，却又那么难。就像三毛所说，平凡简单，安于平凡，真不简单。

卓文君抛家舍誉，随司马相如夜奔，她以为从此便能过上平凡简单的生活。

奈何相如在长安志得意满，逍遥自在，文君却在成都独守空帏，啃噬寂寞。但她的心一如当年出奔时真切浓烈，做着"蒲苇韧如丝，磐石无转移"的梦。梦做得太真，以致她忘了，是梦，总要醒的。殷殷企盼的他的消息中，却多了另一位女子的名字。

她要的爱，当是如雪般纯白无染，皎洁清透，若有半点差池，唯有诀别一途。

她不啼不泣，不吵不闹，提笔作一首《白头吟》，寄予那个负心忘情的人，并附上一封诀别书。

朱弦断，明镜缺，朝露晞，芳时歇，白头吟，伤离别，努力加餐勿念妾，锦水汤汤，与君长诀！

通透如她，爱来之时全然无保留，爱走之时亦是全然的壮烈决绝。

她不过想要个一心一意爱自己的人，与之白头偕老。不要你只是途经我的盛放，而要你撷取我的每一寸美丽，直至我枯萎，化身尘土。她只此小小一愿，如今竟难得偿，只得各奔东西。然而，那曾经深刻的情意再难消弭，即使她面对走了味的爱，心已坚硬如岩，那人仍存在于她最深最柔软的那个角落。决绝之外，她的哀怒凄怨，依然企盼那人能够懂得。

那茂陵女子纵有千般好，怎能敌过他们那段绿绮传情、当垆卖酒、患难相随的过往。于是，他回来了，回到她的身边，给她承诺，白头偕老，再不分离。

相如携文君退隐归家，择林泉而居，日日恩爱。奈何相如患上消渴症，溘然长逝，留文君一人担此永诀之悲。第二年深秋，草枯霜降，雁鸣长空之时，孑然一身的文君亦随他而去。

我们说好的，白首不相离，所以，"上穷碧落下黄泉"，我都随你，永不相绝。

世间女子，大多难逃爱情的业障，明知是劫，仍要走上一遭。一千年过去了，那个简单质朴的愿望却终未曾改变。

愿得一心人，白首不相离。

漫漫长夜，归期是何期

当我俩同在草原晒黑
是否饮下这最初的幸福
最初的吻

——海子《幸福》

参加过一期电视节目的现场录制，气氛热烈而混乱。

节目先抽取六对夫妻，回忆自己说过、听过、看过的一句最难忘的情话，讲述它背后的故事。最终由现场观众投票，评选出一句最美情话。

选出的六对夫妻中，有三对年轻人，两对中年人和一对老年人。接过话筒，他们的情话无非你爱我我爱你，但情话背后的故事倒也一波三折，不失浪漫。

最后发言的是那对老年夫妻。老奶奶发颤的手紧握着话筒，只说了句，你现在站着还是坐着？

你现在站着还是坐着？主持人错愕，重复一遍想要确认。现场观众亦是一片哗然。

老奶奶点点头，继续说，她老伴当了一辈子医生。一天，他正值班，心头突然一阵绞痛，诊断结果正如他判断的那样，心脏病发作。

很快，同事将他推进手术室，准备做心脏搭桥手术。这是个高风险的手术，按照医院规定，病人手术前必须通知亲属。躺在手术台上的他握着手机，双手不住颤抖。

时间就是生命。面对同事们的焦急催促，他想了想，拨通了她的手机。听筒嘟嘟响了几声，耳边传来熟悉的声音。

老奶奶说，这么多年过去了，我还清清楚楚记得，他当时跟我说的第一句话，你现在站着还是坐着？我知道他是怕我听到消息后，受不了刺激而摔倒。他都那样了，心里挂念的却还是我的安危。这就是我这辈子听过的最美的情话。

老奶奶把话筒交还主持人，老两口互相依偎着，笑容灿烂而幸福。

短暂沉默后，全场掌声久久不息。现场乐队不知什么候奏响了那首老歌：

所以牵了手的手，来生还要一起走。所以有了伴的路，没有岁月可回头。

如此简单平凡的一句话，却那样动人。

是的，因为爱情。

看《张学良访谈录》，张学良和赵一荻举办婚礼时，两人都已年过半百。教堂里满是鲜花、掌声、祝福。

初见时她清丽端庄，他还记得彼时她的模样。而今她慢慢老去，他依然深爱，执手相看两不厌。数十年幽禁生涯，她陪他一起走过。漫漫人生，艰辛坎坷，终不离不弃。从朱颜玉貌到发花鬓白，她终是盼来这场等了数十年的婚礼，做了他的新娘。

有人让张学良说几句话，良久，他面对白发的新娘深情说，你是我永远的姑娘。

光阴让一句普通的情话变得这样浪漫，款款柔情，深深爱恋。世人眼里，他爱的女子已老，在他心中，却是永远的姑娘。

湘西古城，沈从文笔下的沱江浸着那一排吊脚楼，清冽蜿蜒，宁静安详。暮色中，远山和风雨桥只能看到轮廓。几户人家早早亮起了灯，整排木楼越发显得沉静。

坐在水边，我翻开沈从文写给张兆和的书信：

"梦里来赶我吧，我的船是黄的。尽管从梦里赶来，沿了我所画的小镇一直向西走。山水美得很，我想和你一同来坐在船里，从船口望那一点紫色的小山。"

心瞬间柔软了。

乘一只木船顺流而下。吊脚楼在岸上飘过，耳边有摇橹的声音，水面泛起微微波澜。几盏寂寥的星映着点点渔灯，那清浅的光一碎便铺满整个江面。夜色沉静，我听到沈从文轻声低语。

"三三，我今天离开你一个礼拜了。日子在旅行人看来真不快，因为这一礼拜来，我不为车子所苦，不为寒冷所苦，不为饮食马虎所苦，可是想你可太苦了。

"三三，我一个人在船上，内心无比的柔软伤感；三三，但有一个相爱的人，心里就是温暖的。"

　　字字如玉，心心念念。

　　该是多炽热的情，才能在严冬将冰冷的墨化成这样温暖缠绵的文字，而这浸润了江水的字句，又蕴含了多少思念。不管醒着还是梦里想到的都是你，才下眉头，却上心头。在思念几近发狂的人眼中，这里会是怎样的风景。又有谁，能将这所有美好，完完整整地写进情书里。我看到的，我听到的，我想到的一切，全经由我笔下文字，送给你。我经历过的，你便也都经历了。多想这些文字能带我即刻飞到你枕畔，闯入你梦中，我们一起看这寒夜里的江水木船吊脚楼。

　　我行过许多地方的桥，看过许多次数的云，喝过许多种类的酒，却只爱过一个正当最好年龄的人。

山河万里，无处可见你

情，不知所起，一往而深。生者可以死，死可以生。生而不可与死，死而不可复生者，皆非情之至也。

——汤显祖《牡丹亭》

当我终于成功躲避一路嬉闹的猴子，赶在日落之前攀上巴厘岛最南端的情人崖顶时，彻底被眼前的景象震住了。

在悬崖边凭海临风，海天一色的印度洋就在眼前。俯身下望，万丈高崖下，层层巨浪相互追赶，掀起一阵阵浪花，向岩壁拍去。海风呜咽吹过，天地间只有蓝的海和红的霞，一片凄美。

刚认识的朋友 Kusmann 用带着浓浓印度尼西亚口音的英语向我介绍，情人崖有个古老的爱情传说。在关岛一个部落里，部落首领看中了一个女孩，想娶她为妻。少女不愿背叛恋人，决定与恋人私奔。他们将头发系在一起，双双跳下悬崖坠入蔚蓝的大海，至死也不分离。

我以为故事就是这样了，然而，Kusmann 接着说，你知道吗 Echo，这里曾发生过一个真实的感人故事呢。

那天，到巴厘岛旅游的一对老夫妻离开了旅行团，相携

着来到情人崖上。夕阳无限好，橘红的霞光点燃了西天的云絮，跳动着灿烂无比的光芒。

两位老人站在崖边，如醉如痴欣赏着美景。

突然，她感到有什么在往下坠落。她下意识伸手一拽，拽住的正是她失足的丈夫。

她拽住他的衣领，拼命往上拉，但无论怎么努力都无济于事。他悬在山崖边也不敢轻易动弹，否则两人会同时摔落谷底，粉身碎骨。

她有些支撑不住了。她的手麻木了，胳膊又肿又胀，仿佛随时都会和身子断裂开。于是，她用牙死死咬住他的衣领，坚持着，期望能有人突然出现相救。

天已经黑了，有谁还会来到这儿呢？他说，放下我吧，亲爱的。

她紧紧咬住牙关无法开口，只能用眼神示意他别说话。

一分钟过去了。

两分钟过去了。

十分钟过去了。

他感到有又热又黏的液体滴落在自己脸上。他意识到这是从她嘴里流出来的血，还带着又咸又腥的味道。他又一次轻轻地对她说，亲爱的，放下我吧！有你这片心意就足够了。

一小时过去了。

两小时过去了。

他感到有大颗大颗温热的液体，吧嗒吧嗒滴落在自己脸上。她在用一颗坚毅的心，和死神对峙，争夺。他心痛难忍却又无可奈何。

死神正像鹰鹫一样拍打着玄色的翅膀，向他长唳而来，俯冲，袭击。

不知过了多久，旅游团的同伴终于找到山崖上，救下了他们。

Kusmann 说，她的牙整个都脱落了，人再没有站起来过，在当地的一家医院里住了很长时间。

他每天用轮椅推着她，他说，当初你干吗拼命救下我这个糟老头子呢？亲爱的，你看你的牙。

她喃喃道，亲爱的，我知道当时如果一松口，失去的就是一生的幸福。

他推着她向前走去，融在夕阳里成为永恒的景。

失去了你，这个世间还有什么值得我眷恋。

何谓情之至，何谓爱之深。

就像茨维塔耶娃说的：

我要从所有的时代，从所有的黑夜那里，

从所有的金色的旗帜下，从所有的宝剑下夺回你，

从黑夜与雅各处在一起的那个人身边，

我要决一雌雄把你带走——你要屏住气息！

这是怎样一个女子，对爱这般勇敢，这般张扬。就像一个扬着爱情旗帜的女战士，挟着如火的深情与挚爱，攻占这个荒芜冰冷的世界，寻回唯一的爱人。

就是那一丛熊熊天火，以爱之名，永不熄灭。

情，乃生命的本质，只有情顺遂，才能够自由，人才能生。

听，那痴情人正说着痴情话：情，不知所起，一往而深。生者可以死，死可以生。

人生如此，浮生如斯，缘生缘死，谁知？

情终情始，情真情痴，何处？情之至。

情之至也，生死无惧，生死同携。

总有一人，温暖你的心

爱情只能用爱情来偿还。

——爱·芬顿

一

小时候，我跟院里的几个伙伴在一块儿玩，常能看到韦力的爷爷拿块抹布在擦楼梯扶手，然后扶着韦力奶奶下楼，在院子一角相依相偎坐在一起。

韦力说，奶奶腿脚不好，但每天都想要到楼下坐坐，看看花，看看打球的孩子们。爷爷就每天都拿一块抹布出门，从五楼开始细细地擦扶手，一直擦到一楼，然后再上楼扶奶奶下楼。爷爷年纪很大了，多这一趟上下楼也很吃力，却只是为了奶奶下楼时能够扶着干净的扶手。

后来大一些了，韦力问，爷爷，奶奶有没有给你写过情书啊？爷爷满怀思念地指指身上那件奶奶亲手给做的衣服，这个算不算情书？韦力撇撇嘴，当然不算，情书都是有字的！

又过了几年，爷爷也走了。韦力拿出那件衣服，线缝一不小心被扯开，里面掉出一块手帕。他捡起手帕，看到上面绣的是爷爷的名字。

原来，一针一线绣出来的情书是这样浪漫。

二

在朋友的婚纱店里，我看到一个孤身前来试婚纱的女孩。

这个即将做新娘的女孩穿着一款洁白的婚纱走出试衣间，镜中的她清新素雅。在众人的赞美声中，女孩幸福得两颊绯红。

朋友笑道，怎么样，这款满意吗？

女孩从包里取出一个精致的小银铃，轻声问，老板，你能帮我把它缝在婚纱上吗？

朋友说，婚纱上是不用另加配饰的。并且，这个缝上后也容易刮坏纱绸。

女孩说，我未婚夫是个盲人。我只是希望，在我走进婚礼殿堂那一刻，银铃的声音能让他听到，我来了。

三

表哥跟我说过一件事。

一次，他去菜市场买虾。称好重想要还价，卖虾人说，放心吧，这是最低价了。你老婆总到我这里买虾，老客户了，她都不用问价，我总是给她最新鲜的虾，最便宜的价格。

表哥很奇怪，你怎么会知道我老婆是谁？

卖虾的说，她每次打开钱包，我都会看到你的照片。都看过多少次了，不会认错的！

原来如此，我笑着问，后来呢？

后来，几乎不下厨的表哥回到家用心地做了一桌菜。嫂子说，她一辈子也忘不了那盘虾鲜美的味道。

那再后来呢？还是要追问。

再后来，表哥也拿了张嫂子的照片，放进了他的钱夹。

四

在一家自助餐厅里，我看到一个老头正扶着老太太进门。她双手紧搂着老头的右臂，像是把全身的重量都吊在他那只胳膊上，艰难地迈着每一步。老头挽着无法独立走动的老太太，背显得更驼了。

他们小心挪动到座位上歇了会儿，老头又扶起老太太到餐台前取食物。她用手指着自己想吃的菜，他一一替她夹到盘里，再扶着她慢慢走回座位。

他细心地将她盘里的虾一个个剥好壳，蘸调料，再递到她嘴边。在他的注视中，她吃得很香，满脸因被怜惜而满足的神情。

整顿饭，他们并没有太多交流。这样平凡朴素的两个人，他对她的无微不至，她对他的深深依赖，在灯光柔和的餐桌旁，不经意间全流露出来。

吃完饭，他扶着她去洗手间。她一个人扶墙慢慢进去，他等在门口。

他低头看着地面，右手握着左手手腕。男女洗手间门之间有个很小的角落，有人进出洗手间时，他就退到那个角落。

吃饭的人逐渐多了起来。越来越多的人去到餐台前，都会诧异地看一眼这个静静地站在女洗手间门口的老头。

直到她出来，已过去二十多分钟。这期间，在喧闹的餐馆里，在上厕所人们匆忙的冲撞中，他静默等待的样子在我脑海站成了永远。

五

一个护士朋友在她的博客里曾写过这样一篇文章。

那天中午她值班，看到一个老头摇着轮椅来病房探望一个老太太。

老太太是心脏病发作，前一天送来急救的，今早刚出重症监护室。一直在医院守护的子女们，一个回家拿东西，一个下楼吃饭去了。

老头推着轮椅来到病床前，望着仍在沉睡中的老太太，替她掖了掖被子，又静静在床前坐了一会儿。看她呼吸均匀，脸色也慢慢红润，这才放心地转身离开。

没多久，老太太的儿子回来了。邻床跟他说起刚才的事，他惊呼："天哪，那是我爸啊！他怎么自己来了！"

儿子追出去，沿着回家的路，没走多远就找到了老父亲。将父亲送回家，儿子才又回到医院。

他说，母亲被担架抬走时，八十九岁的老父亲焦急落泪，母亲努力咧嘴微笑："你看你哭什么哭，咳，过两天我就回来了。"父亲站在窗前，看着救护车离去，眼泪汹涌。一辈子坚强的父亲，原来也会哭得这样软弱。母亲出了重症监护室后，父亲执意要到医院看老伴。他不同意，说妈现在最需要的是休息，你去干吗！父亲说，她看见我，比任何调养都管用！儿子又劝，医院这么远，你出门也不方便。我们现在都这么忙，你怎么去？父亲倔强地回了句，我不用你们管。他还以为这只是句赌气的话，谁知这几公里，年老力弱的父亲硬是坐着轮椅一路摇过来了。看过老伴后，老父亲这才放下心，安心等她痊愈回家。

不可思议的是，老太太醒后，对儿子说的第一句话便是，你爸来过了。

毫无实凭，也没任何人告诉她，而她如此笃定。

我那护士朋友说，在医院工作十多年，世间悲欢离合已看得太多，唯独对这老两口印象尤为深刻。那被岁月浸润了一辈子的感情如同时光酿出的酒，品咂一口，让人无限回味，若非要为之取个名字，又觉词穷。

4

喜欢一个人，会卑微到尘埃里，
然后开出花来

往后余生，相随与共

像此刻的风

骤然吹起

我要抱着你

坐在酒杯中

——海子《四行诗》

儿时喜欢玩的游戏很多，至今仍怀念那个"坐花轿"的游戏。

男孩子和女孩子分别站在相隔十几米的两边，两个男孩用手腕搭成两个交叉的圆圈，就是花轿了。先由女孩来挑花轿，挑好后花轿就跑过来停在女孩面前，等"新娘"把腿分别放在花轿的两个圆圈中，胳膊搭在两个男孩子的肩膀上，花轿就启程了。要是能顺利抬回那些男孩跟前，"媳妇"就算娶到家了；如果在中途花轿散了架，"新娘"还得返回"娘家"，重回到女孩队伍里再另挑花轿。

若是碰到调皮的男孩，会故意让花轿散架，让"新娘"从花轿里掉下来，他们则匆忙逃窜。浑身是土的女孩会一边骂那两个"可恶"的家伙，一边笑着爬起来，再跑回"娘家"。

游戏中，抬花轿的两个男孩，其中有一个会是"新郎"，所以女孩子都会很认真地挑选花轿。我那时候总是喜欢挑辛黎和邵煜，他们两个都对我很好，深得我信任。他们的花轿从来没散过架，每次都能很安全地把我抬回去。

男孩子挑"媳妇"也是有条件的，他们不要太胖的，都愿挑长得娇小的漂亮女孩子。乔莉是我们这些女孩中最高最胖的，男孩们都不喜欢抬她。但每次玩到最后，我总要让辛黎和邵煜抬一次乔莉，也让她享受一下当"新娘"的幸福和快乐。乔莉胖大，每次坐花轿都不顺利，花轿颤悠悠走不了几步她就会从花轿里摔下来。这时，辛黎和邵煜总想趁机逃脱，但总会被我们抓住，让乔莉再坐回花轿，继续往前走，直到终点。

再长大些，我们都已经开始懂得男女授受不亲，便没人再肯玩这个游戏。

后来，乔莉嫁给了辛黎。鞭炮声中，看到新郎将新娘迎出婚车，我突然想起那年的花轿。

长大后，看胡兰成在《今生今世》中直言，我喜爱旧式婚姻。他在《有凤来仪》里细忆前尘，描写了玉凤嫁与他时，所举办的那场旧式婚礼。

东方发白，花轿进大门，轿上轿下前前后后一片声放百子炮仗，打锣吹号筒，轿前一人以五谷撒地，拔除不祥。花轿到了堂前，稍歇一歇，等交进了吉时，才揭开轿帘，搀扶新娘出来，新郎新娘拜堂。

新郎揭去新娘的盖头帕，老嫂来助新娘更衣梳妆，要到此刻，才穿戴起凤冠霞帔，敷粉搽胭脂，如雨过牡丹，日出桃花，凤冠霞帔是后妃之服，拜天地又是帝王的郊天之礼，中国民间便女子的一生亦是王者。

胡兰成远游教书，玉凤迢迢蓬头寻夫。在外相见，丈夫比谁都更注意发妻的打扮，而胡兰成想来并无遗憾，他从心底里认定她，"这就因为是自己人"。

我真觉得，有句古语说得好，一日夫妻百日恩。没有血缘的两个人，竟能相守出一份天长地久的亲情，只因，岁月将两个对生活有诚意的人，牵引成了命里的"自己人"。

何为细水长流，何为生死相依。

旧式婚姻羞于言爱，如玉凤般，一日日，一年年，照顾饮食起居，相夫，教子，质朴地守着家，安住在旧式的婚姻里，平淡中生出人世间的旷日持久，一心一念，一生一世。

当时只道是寻常，又何尝不是一种传奇。

这让我想起三毛在撒哈拉的那场婚礼。

那天上午，荷西照常上班，下午他抱回一个大盒子，是送给三毛的礼物，"哗！露出两个骷髅的眼睛来，我将这个意外的礼物用力拉出来，再一看，原来是一副骆驼的头骨！"

荷西知晓三毛的心意，在这荒凉沙漠，没有什么比骆驼骨更珍贵的了。为找到这一副完整的骆驼头骨，他在沙漠中寻觅了许久。

即将做新娘的三毛，着一件淡蓝细麻布长衣，长发披肩，戴一顶草编的阔边帽子。没有花，就到厨房拿了把香菜别在帽檐上。荷西说，很有田园风味，简单又好看。

他们走了四十多分钟，才到镇上，发现这里的人穿着比他们都隆重。而他们，反而像是来看热闹的。

三毛生平最怕这样的仪式，只好强忍着进了礼堂。待到仪式结束，来的人都散了，只有这对新人，霎时间不知如何安排是好。荷西提议去国家旅馆住一晚，当作新婚之夜给彼此的奖励，三毛却情愿回家做饭吃：住一晚旅馆的钱，够我们买一星期的菜。

于是，他们又徒步回去。夜幕下，漫天黄沙在风中飞舞，辽阔无边的天际，让脚下的路，仿佛没有尽头。身边这个男人，在荒芜的撒哈拉沙漠，给三毛安置了一个坚固的家。

从今往后，身边多了一个人，一起流浪，一起远方。

梦里，我回到我们的那片海，你在沙滩一遍遍写我的名字。夜色中，海风轻拂，你牵我的手看那弯明月。我滞留那一晚，那些呼吸的生灵，都是我的心肺。

海边，一片锣号声中，你扶我坐进花轿。轿子晃得厉害，你紧紧抱我。

玫瑰在瓶中怒放。

只愿天涯共此时。

花轿匆忙，梦境为何总是带走那片海。直到今天，我的眼中，仍是那弯月。

我记得，抬头看那颗最亮的星。我答应，回来告诉你，我遍体鳞伤，却在微笑。我穷尽一生，唱最嘹亮的囚歌。

忘了那片海，来世再重来。

可还记得，我第一次弹给你的钢琴曲，你听到落泪。

我没告诉你，那首曲子，叫作《梦中的婚礼》。

你是生活扑面而来的欢喜

我多么希望，有一个门口
早晨，阳光照在草上
我们站着
扶着自己的门窗
门很低，但太阳是明亮的
草在结它的种子
风在摇它的叶子
我们站着，不说话
就十分美好

——顾城《门前》

登录 QQ，一好友头像闪动，点开，看到一段留言。

她从初恋到现在一直都是一个男人，恋爱多年，两家正在商量婚事。男友对她一直很好，态度也很坚定，而她却开始犹豫。她说，年岁渐长，经历世事渐多，也随之遇到越来越多优秀的男人。她感觉男友除了对她好以外，其他一切都太普通。最好的年华已给了他，结婚以后，一辈子都只能跟这么一

个人相守，会不会有点可惜。同时，她也很自责，为自己居然会冒出这样的想法而感到羞愧。最后，她问我，你说，现在真的有人能做到一辈子只爱一个人，只跟一个人白头偕老吗？

想了想，我在对话框输入：一辈子只爱一个人并不可惜，一辈子爱过很多人也并非不道德。判断对方的爱，不是去计较他是否够好，或爱过几个人，去感受他对你独一无二的好就足矣。

我想起了大学室友芳芳的故事。

温阳晚上又要去一个遥远的城市出差，芳芳用一下午的时间做了丰盛的晚餐，桌上摆满了他爱吃的海鲜。

刚吃完饭，他就搭上车直奔机场。

温阳是在傍晚登机的。他对芳芳说，到达的时候会很晚，晚上就不给她打电话了。

深夜，忽然响起的手机将早已入睡的芳芳叫醒，她看表，已是凌晨。芳芳拿过手机，听到了温阳的声音。

你还好吗？

芳芳略感奇怪，还好啊，我已经睡了。不是说早晨再打电话吗？

温阳好像不放心，又追问一句，你没事吧？

芳芳有些好笑，虽明知他是关心自己，但也太婆婆妈妈了：我当然没事，睡得正香。你怎么了？

我已经到了，跟你说一声，放心吧。有事别忘了给我打电话。温阳跟芳芳道了晚安，匆匆将电话挂断。

芳芳拿着手机，感觉他有些不对劲，哪儿不对劲，一时又说不出来。

半个月后，温阳从那座城市回来。他的肚子上，多出了一块伤疤。芳芳问，怎么回事？他答，没事，一点小伤。芳芳急了，开始追问。

温阳就笑了，告诉你可别生气啊，那天我下了飞机，肚子突然疼得厉害，从没有过的绞痛。我一下就想到海鲜，心想也许是食物中毒。你知道，在我们那个海滨小城，每年都有人因为吃海鲜而送命。我就给你打了电话，假如真是因为海鲜，你当时也一定会有感觉。我想，如果你没接电话，或者接了但身体有任何不适，我就直接打120，让他们马上赶到咱家。后来听你口气感觉一切都正常，我就放心地挂了电话。

芳芳说，都疼得那么厉害了，你还不赶紧先顾自己？哪有那么多心思想东想西的。

温阳深情地望着芳芳：再急，也要先给你打个电话。食物中毒这事马虎不得，时间就是生命。

芳芳想起来，那晚，手机固执地响了好久，她才懒懒起来接听。跟温阳通话那半分钟，他其实正忍受着巨大的疼痛。确信芳芳没事后，他才挂断电话，拨通当地的120。假如，那天他们真是食物中毒，那么，即使远在几千公里之外，温阳也会将医护人员送到她身边，而他也会因此耽误半分钟。或者说，在可能的生死关头，温阳把自己的半分钟，毫不犹豫地给了芳芳。而这半分钟，他一定明白，极有可能就是生与死的距离。

温阳轻松地笑笑说，还好，只是虚惊一场，什么可怕的事都没发生。他指了指肚子上那个伤疤：这是急性阑尾炎留下的纪念。

芳芳却笑不出来，早已泪湿眼角，紧紧抱住温阳。

半分钟，成了相守一生的理由。

年少时，总以为爱情要说得惊天动地才算爱。如今才懂得，爱原来无须说出口。语言的力量，相较于默然付出、静然相守，总是太过苍白。

你不说爱，风沙吹过的声音却说得动情；

你不说爱，树叶沙沙的轻颤却摇得曼妙；

你不说爱，夜莺啼叫的歌声却唱得婉转；

你不说爱，一直不说，然而，你却将爱情爱到这样极致的深沉。

"死生契阔，与子成说；执子之手，与子偕老。"歌声绵绵不断，在上古那悠悠的岁月中走进地老天荒。

天地合，乃敢与君绝！歌声温婉流转，至死不悔，唱醉人心。

遥远的古调唱过了四季，唱过了江河，仍在耳畔回响。

曾经以为，最浪漫的事，叫作一见倾心；尔后轰轰烈烈，海誓山盟。

后来发现，最幸福的事，原是日久生情；于是携手红尘，共度余生。

繁华落尽，谁陪我看细水长流

风淡云轻，细水长流何止君子之交，爱情不也是如此，才叫落花流水，天上人间？

——三毛《亲爱的三毛》

无辣不欢的闺密婉君嫁给口味清淡的景宣之后，两个人常为做饭的事发愁，索性回父母家蹭饭吃。一次，婉君的父亲做的菜咸了些，母亲拿来个水杯，将菜在清水里过了一下，再吃。婉君看在眼里。

后来，婉君做饭时，菜里已经没有辣椒了，只是她面前多了一碟辣酱。再后来，景宣也争着做菜，每道菜里都放了辣椒，只是，自己的面前多了一杯清水。每一口，都吃得心满意足。

爱，不过是给生活多加一碟辣酱，或一杯清水罢了。"相濡以沫"四个字，要想成为现实，需在平淡的生活中，相互融合。

写到这，我想起朋友张曾跟我讲的他父母的故事。

张开始讲时，咖啡厅有些嘈杂，我听得心不在焉，隔壁桌不时传来几个漂亮女生同仇敌忾地数落自己男友的声音。话语虽满含挑剔，语气中却流露出掩不住的欢喜，这种感觉就如同父母总爱当着外人的面数落自己的孩子一样，再挑剔也是因爱而生。她们眉飞色舞地说，好男人都绝种了吗！这样还怎么跟他过一辈子啊！

巧的是，张的故事，正是这句，过一辈子。

张的父亲以前是做生意的，用张的话说，小时候最讨厌爸爸的那些朋友，一个个抽烟、喝酒、说脏话跟黑社会似的。张的母亲是粤剧演员，他自豪地说，跟我见过的所有朋友、同学的妈妈比，我妈是最漂亮最有气质的，用现在的话说，就是那时的文艺女青年。张妈文静内向，待人温和，平时也不怎么外出，喜欢待在家里看书刺绣，种花养草，兴致来了唱两段粤剧，日子过得平淡而悠闲。

张爸结婚前很穷，加上没文化，张的外公看不上他，觉得他配不上自己女儿。对此，张的母亲曾跟他说过，她从来没想过嫁给张爸以外的任何男人，因为只有张爸看她的眼神，温柔得能融化人。

后来，张爸做生意赚到钱了，对外公一家三天一小礼，五天一大礼，弄得张的外公左右为难，同意女儿嫁吧，显得自己嫌贫爱富，不同意吧，女儿芳心已许也说不过去。

最后还是张妈霸气，怒气冲冲走到张爸面前呵斥："你当买母猪呢？我说过要嫁你了吗！"

　　张爸愣了愣，傻笑，"这可不行啊，落子无悔，没有这样悔棋的啊！"

　　张妈气笑了，"我可告诉你，我一不体贴温柔，二不任劳任怨，你要敢跟我发脾气，我立马走人！"

　　张爸当场抱住张妈，生怕她要逃走一样，大声说："你放一百个心，往后体贴温柔我来，发脾气你来，我们男女搭配，结婚不累！"

　　谁能想到，就这么成了！

　　张的姑姑经常跟张开玩笑，"你爸跟你妈啊，根本就不是我们这个年代的夫妻，不知道的还以为他们在演电视剧呢，男人气魄都没了！"

　　这话可真一点没错。从小到大，父亲对母亲的深情张都看在眼里，连说话都轻声细语低声下气的，生怕惊着了她，真就走人了。回想起来，张爸对张妈简直就像对女儿一样疼着爱着，不让她受一点委屈。而张妈也只有在张爸面前，才会时而任性时而骄横。

张爸要是回家晚了，张妈就故意不开门，在屋里唱起粤剧讽刺道："心又喜，心又慌，何幸今宵会我郎。"时间长了，小小的张后来也跟着在旁一起唱了。吃饭时，张爸要是随口说一句菜咸了淡了，张妈会立马甩脸把菜端走不让他吃，还嗔怒，"白眼狼！不好吃就到外面吃去啊，外面好吃得很哪！"每到这时候，张爸就像做错事的孩子一样挠挠头，傻笑道："那个没法比，没法比啊，哈哈！"

随着张妈故意"找碴儿"越来越多，张才明白，其实张爸就是有意这样做的。张妈每次嗔怒，张爸背着她咧嘴呵呵笑，偷偷瞄她一眼的时候，心里别提多甜蜜。

有次张跟同学踢完球正走在回家路上，看到父母在街心公园散步。张妈走在张爸前面，不时回头跟他说着什么，张爸边听边点头的同时，眼睛

一直盯着张妈的右手，他的左手每次悄悄靠近想牵她时，她一回头，又倏地一下缩回口袋。张说，每次回想那个场景，总觉眼眶发热，异常窝心。

在父母的爱里，张就像一个 VIP 观众，每次都以最近的距离感受他的深情，她的幸福。本来一切就这样悠然自得，美好而温暖。

不承想张的姑姑一语成谶，他父母竟真遇上了命运这个俗套而残忍的编剧。

张工作第三年，张妈被确诊肺癌晚期。张爸疯了一样摇着医生反复说："多少钱都行，我老婆不能有事！多少钱都行，我老婆不能有事啊！求求你了医生，求求你了！"

那是张第一次看到父亲求人，也是他第一次看到父亲在大庭广众哭得像个孩子一样。

从那之后，张爸每天到处找名医，找进口药，但凡听说有效，不管三七二十一都要带张妈去试一试。医院换了好几家，各种治疗都试了，效果仍不明显。几个月下来，张就没见他爸吃过什么东西，整个人瘦了一大圈。

这些年，张妈就没怎么吃过苦，这病着实让她煎熬。爱美的她日渐憔悴，有时难受起来就不让张爸进来看她，张知道，她想在父亲心中一直都是最美的，不想让他看到她狼狈的一面。

张妈总说，自己过得太幸福，把上辈子的福报都用完了，老天看不过去，只好用阳寿来补。有一次她跟张说，我最担心的还不是你，万一我一走，你爸可怎么办啊。

拖了一年半，她还是走了。

后来，总能看到张爸一个人喃喃自语，好像在跟张妈说话似的，一会儿笑，一会儿皱眉，每天什么都不想做，就拿着张妈生前的衣服和物件闷在屋里，饭也不好好吃，就是喝酒。张在外地工作，每周末才能回家，看到这样的父亲，每次心里都难受万分。

很多年后，看着每天喝茶、念经、晒太阳的父亲，张突然想起一个问题，"爸，妈当年说了什么？当时我不在，你也一直不肯说。"

张爸的眼神一下变得柔和起来，略带窘迫地说："你妈走前回光返照，眼睛突然变得很亮，跟我撒娇，'我想听你唱段粤剧，好不好啊？'我哪会唱粤剧啊，也只好硬着头皮来了句《唐伯虎点秋香》，不过我唱的是，'老婆嘅相貌美丽，我实在爱恋，好心啦可怜，慰痴心素愿。'然后我就说后面真不会唱了。"

那妈怎么说？

张爸的嘴角仍在笑，眼角却流出泪，你妈就一直笑个不停，最后说了句：真难听。

张说到这，咖啡厅已变得无比安静。

那样温柔了岁月的相爱，柔和得仿如历经万年的羊脂玉，在淡淡的流年浮尘中，散发着暖人心怀的气息，透着悠远与绵长。不急湍，不奔放，却暗藏生如夏花的绚烂，绽放着摄人心魄的瑰丽。

叶芝说，多少人曾爱过你容光焕发的楚楚魅力，爱你的倾城容颜，或是真心，或是做戏，但只有一个人，他爱的是你圣洁虔诚的心。当你洗尽铅华，伤逝红颜的老去，他也依然深爱着你。

内敛，温暖，舒缓。似大提琴低沉的情愫，又如一部布满尘埃的回忆录，寂寂躺在书柜一隅。简单是你桌上的羹汤，却胜过一切香水的寓言；平淡是你窗前的守候，却隽永成相思的剪影。没有轰轰烈烈惊天动地，没有海誓山盟花前月下。太过璀璨总似烟花，誓言再美亦随流水，如古琴乐蕴藏的曾经沧海一般，浓情蜜意已是浮云阡陌。

我能想到最浪漫的事，就是和你一起慢慢变老。

这么温柔的蛊惑。可是，从什么时候开始，我们已经走得这么远了，走得这样坚定而绝望，将曾经的柔软留在了遥远的过去。

要到何时，我们才会忆起，我们曾爱过，亦曾对这生命和誓言有着最深的相信和懂得。

等到风景都看透，也许你会陪我看细水长流。

拥有你，忘记世界又如何

我愿陪坐在你身边，唱歌催着你入眠。我愿哼唱着摇你入睡，睡去醒来都在你眼前。我愿做屋内唯一了解寒夜的人。我愿梦里梦外谛听你，谛听世界，谛听森林。

——里尔克《致寝前人语》

姨奶奶十九岁时，在一所小学教书。

开学第一天，校长领着她向其他老师介绍，这位是新来的周老师。说完把她交由隔壁班的一位老师带着熟悉环境。

隔壁班老师欣然领命，接下来的日子，他带着姨奶奶在学校四处转。姨奶奶看着眼前这个浓眉大眼却神色紧张的小伙儿，笑问，你也是衡阳人吗？小伙儿点点头。姨奶奶很高兴，那我们是老乡哪。小伙儿双手紧握，忽然抬头望着姨奶奶，"周老师，请原谅我的唐突。请问，你可愿与我永结琴瑟之好？"

突如其来的表白让姨奶奶愣了一下，随后大笑起来，此事便不了了之。

小伙儿没有气馁。他每天都会找些工作中的问题，去跟

姨奶奶讨论，时不时又以借阅姨奶奶家里丰富的藏书为名，登门拜访。这样的锲而不舍，终抱得美人归。

姨奶奶二十岁嫁给姨爷，近六十年婚姻一路相扶相携。

姨奶奶厨艺好，干活儿也麻利。逢年过节，她都会亲自张罗一大桌饭菜。有时候，表姑抢着帮姨奶奶做饭，姨奶奶会拿过她手中的锅铲说："我来，你爸爱吃我做的菜。"每次开饭前，姨奶奶都会对一大家人说："菜都凉了，你们先吃，我再炒个青菜。"姨爷总是笑着回一句："大厨辛苦了老半天，不等你哪行啊。"然后坚持让大家等姨奶奶炒完菜坐下才开饭。

姨奶奶会唱戏，也喜欢听戏。那年影碟机刚出时，价格并不便宜，但一贯节俭的姨爷二话不说去给姨奶奶买回一台。后来的日子，姨爷又不停给她买戏曲碟。姨奶奶兴致一来，会在家里唱上一段。表姑说，每到这时，姨爷就坐一旁用手在腿上打着拍子，听得入神。

而就在五年前，姨爷患上了阿尔茨海默病。后来病情加重，瘫痪在床，记忆力一天不如一天，开始不认人了。

姨奶奶像照顾孩子一样照顾姨爷，耐心细致，每天帮他擦洗身子，饭也总是一口一口慢慢喂。为照顾他，姨奶奶倾注了所有体力心力。有时帮他翻个身，姨奶奶就累得满头大汗。来探望的人都说，这下可苦了你了。姨奶奶抹泪道，不苦，伺候他，我伺候不够。他这辈子太不容易了。亲戚感慨，实在太委屈你了。姨奶奶欣慰着，不委屈，你看他现在谁都不认识，只认得我。

　　就这样，姨奶奶照顾着姨爷，一切亲力亲为，没人拦得住，她终因劳累过度病倒入院。

　　五天后，姨奶奶便出院了。我去看望时，刚好在门口遇到表姑挽着姨奶奶进屋。姑父推着姨爷来开门。轮椅上的姨爷抬头看到我们，先是一愣，然后定定地望着姨奶奶。我们都清楚，这时候的姨爷，已经谁也不认识了。大家心里紧绷着弦，生怕他问姨奶奶是谁。这个局面，姨奶奶承受不了。

　　我正准备说话缓和局面，姨爷却先开了口："周老师，请原谅我的唐突。请问，你可愿与我永结琴瑟之好？"

　　表姑最先忍不住哭出声来，我们也都红了眼圈，只有姨奶奶笑着。她慢慢走到姨爷面前，蹲下身看着他，郑重又欢欣，不住点头。

　　忘了全世界，我只记得你。

　　两位老人，也许一辈子都没说过"爱"这个字。无须任何语言，你记得我，是爱的最好证据。

想起看过的一篇报道。里根患上阿尔茨海默病后，南希每天投入全部精力照顾已经完全不认识自己的丈夫。一天，里根在保镖陪同下散步。走到一幢篱笆围起来的别墅前，里根突然停下脚步，想要推开别墅大门。保镖以为里根又犯糊涂了，轻轻将他的手从大门上拿开，对他说，总统先生，这不是我们的院子，我们该回家了。

里根吃力地对保镖说："哦，我……我只是想为南希摘一朵玫瑰。"

字迹再痴缠，都会模糊。照片再甜蜜，终将风化。

时间的洪流里我们能记住什么。

岁月如潮水，淘尽一生恩怨。生命中最重要的那个人，却刻在了记忆的岸边。所有人和事，都成为背景，慢慢淡出。只有那个最重要的人，越来越清晰。

即使大脑没有了记忆，心仍会记得爱。

情到深处人孤独

对于世界而言，你是一个人；但是对于某个人，你是他的整个世界。

——狄更斯《双城记》

我闭着眼，不敢看针管扎进我的手。几天后，收到中华骨髓库寄来的一张荣誉证书。

"感谢您捐献了检测血样，您的 HLA 分型资料将进入中国造血干细胞捐献者资料库。您的爱心将给需要造血干细胞移植的患者带来重生的希望。"

想起半年来论坛里不断更新的那篇日记，内心仍是无法平静，祈祷我能成为与某个白血病人骨髓配型成功的那十万分之一。

青梅竹马的一对人。

小时候，一有人欺负她，他就站出来保护，她对他越发依恋。

长大后，两个人顺理成章走到一起。

毕业后，他到广东工作，她在杭州读研，半年才能见一面。

正打算订婚，她却被查出白血病。

他狠狠地扇了自己几个耳光，"我要是每年让她去体检就好了，早预防不会有这事。"

他辞掉工作，在医院旁租了个地下室。白天给她熬药做饭，晚上就在病房陪她。他天天都想着法儿逗她开心，说以后结婚了该怎么分配家务。每次说，她都会笑。

第一次化疗后，她开始大把大把掉头发。头发掉光那一天，她戴上他买的假发套在一盆昙花前拍照，然后在论坛说，昙花多美，不知道还能不能看到下一朵花开。

身体恢复一些后，她偷偷提拎着袋子去买菜。她说，得给他改善下伙食，那家伙太笨，做的菜都一个味道。菜市离得并不远，她一路走走停停花了一小时，回去就瘫坐在地不停喘，衣服都湿透了。

十次化疗后，她出院了，直到有一天晕倒在教室，直接被送到重症监护室，开始新一轮化疗。

她说，不想再这样活受罪，不愿成为他和家里的负担。他去熬药，她在病床上专心想着死，连从哪扇窗户跳下去都想好了。

晚上他带着药和饭赶来，给她喂饭洗脸擦身，无比憔悴无限柔情。她看着眼前这个手忙脚乱的男人，咬着嘴唇一遍遍

告诫自己，不可以再动摇了，不可以。眼泪就这样滑下来。

他赶紧扔下手中的活，问是不是哪里不舒服。她终是没忍住，抱住他失声痛哭，我舍不得离开你啊。

我在论坛留言安慰，至少还有他一直陪着你。

深深的无力感突然袭来。我只是个局外人，除了空洞的同情和祝福，我还能给她什么？

一个凌晨，她在论坛继续写，"晚饭一边吃一边哭。我对生活从没有什么奢望，我只是想跟他就这样相伴到老，每日粗茶淡饭便好。早知如此，还不如从来没出生在这世上。生而为人，真的是太对不起了"。

之后便杳无音信。

终于有一天，看到了他发的帖。

原来，病情恶化后，她的出血部位已遍及牙龈、鼻腔、消化道。最后一次化疗后，她一直昏迷不醒。医生说，完全康复是不可能了。就算出现奇迹，成功寻到骨髓移植，她变成植物人的可能性也很大。

他说，只要她活着就行。不管能不能康复，都会照顾她一辈子。

眼看着他把准备结婚的钱用完，两家的积蓄都花光，能变卖的东西也都卖得差不多了，还欠着医院几万元，而她的病却不见一点好转。她的父母满怀歉疚，多次劝他回去上班，过自己的生活，无须再管这里的事。

那天，他被她父母支出去。回到病房才知道，他离开后，关于她的病情，她父母跟医生交流了很久，最终他们打算放弃治疗，带她回家。

情急之下，他扑通一声跪倒在她父母身前。再给她一个机会。他还年轻，钱以后他可以慢慢还。

她父母抹着泪，扶起他，答应回老家再借一圈继续治疗。

如今每天，他都会给她活动四肢，一遍遍叫她的名字，不停地跟她讲述往事。他相信，她能听到自己的声音。

瑶瑶，你还记得那次我们一起吃水煮鱼吧，辣得很，你一个人就吃了半锅，把我都吓到了呢。

我们说好的，等你毕业就结婚，生孩子，我们好好过日子。

瑶瑶，你快点醒过来。

那样的场面，想着都要掉眼泪。

这样深情的男子，爱自己的人，像信仰一般执着。

合上计算机，电视里传来《射雕英雄传》经典的音乐。

一身青衣直裰，离经叛道，狂傲不羁，重情重义。那些日子，着了魔似的爱着他——黄老邪，守着故去的老婆说几十年痴话的人。

阿蘅无疑是幸福的女子，是这世上，真正懂他的人，他的爱亦只属于这一个人。他夜夜到水晶宫，在她身旁吹箫相伴，幻想着她能醒过来。终在明白不能后，他又做了花船，思算携了她的玉棺月夜出航，让海浪打翻船身，与她一同葬身大海。

阿蘅，怎么不让我见你一面？我每晚吹箫给你听，你可听见吗。

遇上这般心性的男人，阿蘅为他生为他死又何憾？生死相许又有何难？

情深至此，夫复何求。

5

山海可平，
最是意难平

所幸遇你，从此山河旖旎，都不及你

如果你不是离开太久，我会在这儿等你一世。

——王尔德

——天涯远不远？

——不远！人就在天涯，天涯怎么会远？

——明月是什么颜色的？

——是蓝色的，就像海一样蓝，一样深，一样忧郁。

——他的人呢？

——人犹未归，人已断肠。

——何处是归程？

——归程就在他眼前。

——他看不见？

——他没有去看。

——所以他找不到？

——现在虽然找不到，迟早总有一天会找到的！

——一定会找到？

——一定！

古龙《天涯·明月·刀》前的楔子，第一次读到就被那浓得化不开的忧郁吸引。如今，故事情节已渐淡忘，却仍能完整背出这篇楔子。

人在天涯，这四个字一经道出，就注定要与一个断肠人，一段断肠事缠绕不清。

每天傍晚，常在小区看到一位老太太，她就坐在院里那棵大树旁的石凳上，身旁放根拐杖。有时安静地听老邻居们聊家常，有时一个人默默望向远方。

每每看到她孤单的身影，我都在想，她的家人呢？怎么儿女都不来陪她？

后来，才听说她的故事。

还未满二十岁，她便嫁了人。婚后几个月，丈夫就被选去当兵，这一去便再也没有回来。年轻时的她长得秀丽，长长的头发挽成发髻，发间还会插一支别致的簪子。然后，就这样一个人，每天虔诚地守在路口，望眼欲穿。

几十年的光景倏忽而过，青丝等成了白发。他仍杳无音信，她始终固执地守候，孤单地过了一生。

短短几个月的美好时光，已足够深刻。那个年轻英俊的男子，在心里扎了根。

夕阳的余晖透过树枝，温柔拂着她苍白的发，蜡黄干枯的手，和那瘦弱的身子。

岁月可以让人变老，却改变不了人们对爱的执着守候。

还记得那首叫作《渡口》的诗。

一艘船停泊在港口的时间，
可以是五年，也可以是十年，但一定有一个界限，
一定不如它在海岸中漂泊的日子那么长。
我愿意在每一个暴风雨来临的夜晚，
爬上灯塔，为你点亮漆黑海面上的照明光，
陪伴着你在茫茫的大海中不停地远行，
而不做你的渡口。

如果你是一艘注定要远行的船，能不能不要让我做那渡口，永远在不知归期中等待。可以的话，我只愿变成船锚，随你时起时落，一直跟着你，风浪再大也不分离。

在一部纪录片中，我看到另一场轰轰烈烈的等待。

20 世纪的法国。一对恋人每次约会，都会在同一棵大树下见面。

起初，男孩迟到了几次，见到女孩就愧疚地说，真抱歉，让你久等了。而女孩总会笑着回一句，没关系，我也没有等多久。

男孩还以为她说的是实话。直到有一次，他准时到达，远远看到女孩已经等在树下，他有意过了很久才走过去。没想到，女孩仍微笑着对他说了同样的话。没关系，我也没有等多久。

他终于明白，无论自己迟到多久，她总会这样善意地欺瞒。

后来，战火烧到了家乡。他拿起枪从军，离开了她。临走时，他们相约，若有一天回来找不到对方，就到这棵大树下来等。

战场上，男孩不幸被炸药击中，因昏迷失去了记忆。

二十多年过去了，无意中，他又恢复了记忆。原来，失忆的这段时间里，他已流落到英国，并娶了妻。他想，她应该以为他早已战死，嫁人了吧。

又过了几年，妻子病逝。他怀着忐忑的心回到法国。

一下飞机，他就登上一辆出租车，直奔老地方。

车越行越近，他的心也越来越迷茫。眼前是一片喧闹的商场，哪有什么大树呢。

唯一的回忆破碎了，他愣在原地发呆。

良久，他想，该走了。无意中看到不远处有个烟摊，他走过去，掏出钱包，说给我来包烟。

蹲在地上的摊贩缓缓抬起头。目光交错的那一瞬，他认出了她。

她说，我不知道你什么时候会回来，怕你回来找不到我，就在这里摆摊，等你。

眼泪瞬间滑落。他哽咽，真抱歉，让你久等了。

她亦笑着流泪，没关系，我也没有等多久。

漫长的等待，苦苦思念，终无怨言。

那些爱着的人除了爱，以及为爱能做的一切事，心再无他想。他们怀藏着各自温暖的心事，从一而终，誓死不休。于是，我等你，日日夜夜；我等你，春夏秋冬。

就像娥皇、女英等来舜的噩耗，哭出滴滴血泪，染得竹子斑驳了千年。

就像尾生为爱人等待，大水袭来，他也要抱着约好的柱子死去。

就像涂山氏为治水不归的爱人守望，朝思暮想，望穿秋水，生生将自己站成一块石头。

看透世间最伤心的故事，孟郊感慨：望夫石，夫不来兮江水碧。行人悠悠朝与暮，千年万年色如故。

望夫石，第一次看到这个词，就被深深触动。古人是那么可爱，让千百年风雨无休无止吹打着江边那个坚贞的传说。

我等你，多久我都会等。

哪怕等到最后，化作了石头。哪怕心跳停止，还为你泪流。

陌上花开，静待你来

我明白你会来，所以我等。

——沈从文《雨后》

耄耋之年，他为她披上嫁衣。这对年过八旬的新郎新娘，在相遇五十五年之后，终成正果。

这个比小说情节还曲折绮丽的爱情故事，源于西子湖畔的那一场相遇。

那一年，风华正茂的袁迪宝考入浙江医学院。他的俄文老师李丹妮，是个漂亮的混血儿，精通五国语言，大他一岁。

身为班长及俄文课代表，迪宝每次俄语考试都是满分。优秀的他让丹妮印象深刻，而丹妮的专业精神也令他感佩不已。

正值豆蔻年华，一见面，就在彼此心里印下了默契。

迪宝回忆道："那时，她经常借参考书、字典给我，还为我织过一件白色的羊毛衣。我特别感动，那个时候我们可是穷孩子。"

丹妮低下头，有点不好意思。她说，冥冥中有一种感觉，觉得我们两个人很像，我们是一个人。

那时候，他们常到西湖边散步。从断桥走到白堤、平湖秋月、义庄、孤山，再从里湖回来。或者，就在宝石山坐上半天，然后从后山下去回家。迪宝说，我们坐在保俶塔下面谈天，一个钟头左右，才慢慢往回走。送她回家后，我再回学校自修。就这样，一直持续了近两年。

两年后，迪宝所在的浙江医学院卫生系要并入成都华西医学院。丹妮说："临走前，我有预感，他有事瞒着我，怕我难过。"

花港观鱼的水池里浮沉着七彩鱼群。坐在芙蓉花树下，迪宝对丹妮说了自己的心事。

原来，上大学离家前两周，迫于姐姐的压力，迪宝已与

匆匆相识的姐姐的同事结了婚。

仿佛五雷轰顶，挣扎了很久，丹妮认为，自己没有权利把幸福建立在另一个女人的不幸上。她对迪宝说，我们分手吧。迪宝低着头，一句话也没说。

西湖边的爱恋，似乎从来都带着一种破碎的美感。

迪宝即将赶赴成都前，他们以三潭印月为背景，在苏堤上拍了一张合影。这张青春容颜留下的最后一次相聚。

分别后，两人都无法冷却自己如火的热情。每年中秋的晚上，迪宝都会拿着丹妮的照片，到没人的树下望月思念。丹妮也放下手上的活儿，一起纪念这时刻。

保俶塔上方有一颗星星，叫金星。迪宝与丹妮约定，这颗星星是属于他们两人的。有什么事都可以告诉星星，然后对方就能感应得到。

他们每天都给对方写信。为了省钱，攒够一周的信才一起寄出。

"我正在热烈地爱着你，日夜思念正像你也爱我一般，假如我在为你郁闷，祈求得到你的爱怜，为了得到你的爱怜，我宁愿粉身碎骨……我祈求上天赋予我们，赋予我们，赋予我们。这几天我在晚自修后都默默地想着你可能停留在天边的那个方向……金星，见到它，就如同见到你。如今唯一具体的安慰，就是我们在白堤共同首次看到的这颗金星，我们一开始就把它决定为我们爱的标志。"

迪宝的这封去信，被丹妮带回法国，珍藏了大半辈子。

回到法国的丹妮始终未婚。身边不乏追求者，然而曾经沧海，她心里只容得下袁迪宝一个人。她说，他一直没有忘记过我，就像我从来没有忘记过他。写《混血儿》那本传记时，别人常问我，你这么一个女孩，我们不相信，难道一辈子都没人爱过你。我说，只有一个人住在我心里，只有一个男孩真正爱过我，就是袁迪宝。

从此，每天隔洋相望相思。两人唯一的联系就是按当年的约定，共同注视天边的金星。

后来，丹妮将迪宝写给她的一大批信件打包，在封面上手书一行字：我是没有勇气重新再看一遍这些我没能实现的幸福。

她没有想到，有一天，这些信件还能和自己一起，再回到寄信人袁迪宝身边。

那年初春，迪宝从厦门接连寄出两封信，只有四句话。让丹妮赶快飞回爱人身边，重续前缘。

面对这从天而降的幸福，丹妮竟有些不知所措。

半年后，丹妮来到厦门，昔日恋人重逢。这一天，离他们分别的日子整整相隔了五十五年。已是耄耋之年的丹妮披上嫁衣，成为袁迪宝的新娘。

如今，迪宝的胡子已长至胸前，头发也掉光了。而丹妮说起当年相恋时唱的歌，几乎失聪的他仍能立刻开心地唱起来。

每天晚饭后，他都会拉着丹妮一起看金星。那一刻，他脸上仍是二十多岁时陶然忘我的欢喜，她眼中满是当年注视他的柔情蜜意。

有谁，会用半个世纪的光阴去等一个远行的人。又有谁，会在远行之后，仍然想回头找到那个等他的人。

一指流年，指缝中流淌，天涯路远，归鸿望断。正如狄金森的那首诗：

等待一小时，太久，
如果爱，恰巧在那以后。
等待一万年，不长，
如果，终于有爱作为报偿。

我相信，浩瀚宇宙中，会有一颗星，始终守护着我和你。

我相信，华灯初上的窗，会有一扇属于你我。我们携手同看人生美景，回首往昔。

我相信，我不会一个人孤单地想念很久。你，终究会来，等我的拥抱，等我说爱你。

等到最后，竟忘了有承诺

会不会有这样一种爱情，即使毫无希望，一个人也可以将它长久地保持在心中；即使生活每天吹它，也始终无法把它吹灭。

——纪德《窄门》

周末早上醒来，拿过手机，QQ、微信各种消息不停闪。浏览朋友圈，我的视线停留在一张照片上。照片中三个人温馨至极，背景是横无际涯的绿，一直蔓延到天边。上面配有几个字：蔚县空中大草原，全家福。

那是沈宁出生成长的地方。

那年，躺在学校宿舍床头，沈宁跟我们讲了这样一个故事。

他是北京的大学生，被分配到她的家乡支教。她在学校任代课老师，他来后，爱就这样发生了。茫茫草原上，留下了他们的笑声。

婚后，他们有了个女儿。女儿五岁那年，他得到一个回北京工作的机会。

临行前，他彻夜流着泪，她却跟没事似的，沾枕即眠。

回去后，情况并不如想象中乐观。他也曾提出，想接她们过去。她没同意，让他先顾好自己。几次三番，他累了，跟她离了婚，自己又组建了新家。

转眼十多年过去，女儿考上了大学，剩她孤零零一个人，呆呆望着空无一人的草原。

旁人都说她傻，当时为什么放走他，为什么没跟他过去，如今为什么又始终不愿再嫁。最难的时候，她像个男人一样到工地上搬砖，甚至卖血。直到终于转成正式教师，日子才好过了一些。而岁月已无情卷走了她的青春年华，徒留饱经沧桑的容颜。

谁都没有想到，有一天，他还会回来。

身旁陪着的是他后来的儿子。小伙儿略带愧疚地告诉她，刚退休，他就老年痴呆，谁也不认识，却记得她。他对着后来妻子的遗像，叫的却是她的名字，还闹着要找她，偷偷跑出门。

他愣愣看着她，显然并未认出她来。她叫他的名字，他眼中倏忽闪过一丝亮光，竟跟着叫出了她的名字。

麻木了几十年的心瞬间化了，忍了太久的泪水夺眶而出。

她带他进家。经过低矮的门框时，他竟不用提醒，就如几十年前那般自然地低下头去。

　　她为他刮胡子，理发，拉着他在屋外散步，跟他说哪些是昔日的朋友，哪些人曾在困难时帮过她们，叫他谢谢他们，他顺从地笑着。她陪他坐在草原上，看阳光在风中摇曳，万里无云的天蓝得醉人。

　　看着他对她依赖的神情，看着她温柔似水的笑意，沈宁说，我忽然明白了，这个曾带给我生命和伤害的爸爸，却是我妈失而复得的爱。这一辈子，她一直坚守着这个老屋，那是在坚守自己心中的爱情啊。

　　恍然间明白，原来，等待与守约不一定对等。

就像《胭脂扣》中，如花为了爱，等着心中的美好，执着了一生。她用自己脖颈的温度，暖了那枚胭脂扣五十三年，却始终暖不了自己伤痕累累的心。

谁能告诉她，不等，就不会那么痛。或者，一开始，她就已料到这结局，却从没想过要后退，仍是情迷身陷，无法自拔。

等待，总让人看不清，也不愿看清那残忍的现实。

《子衿》中的女子在城楼上等她的恋人，轻声唱：我一直记得你的衣领是青青的颜色，这就让我每次看到青色都心绪难平，悠悠将你记起。

《西厢记》云：隔花阴，人远天涯近。人远天涯近，五个字足以道破世间情路上所有的悲哀。天涯那么远，却远不过那个人离开的心，远不过行行重行行的相思。

张爱玲等胡兰成，写下这样的句子：雨声潺潺，像住在溪边。宁愿天天下雨，以为你是因为下雨不来。这个从血统到才情都足以傲立于世的女子，在那个多情至泛滥的男子身上用尽自己一生的卑微，仍是看不到他片刻的停留，最终只能悲剧收场。然而，就算早已明了这段感情的结局，她仍是要到最后一刻，亲历他的决绝，才死心。

这世间有多少等待的故事，迪克牛仔粗犷的歌声中有多少人掉泪。有多少爱可以重来，有多少人值得等待。

这个人也许永远不回来了，也许明天回来！

时隔十年，我第二次看到这个结尾。仍觉得《边城》尚未完成。

古龙的《白玉老虎》仓促收尾，只说，赵无忌心中打了一个死结。

金庸在《雪山飞狐》结尾处，胡斐面对苗人凤，那一刀究竟劈还是不劈，胡斐心中也打了一个死结。

《边城》里，爷爷走后，陪伴翠翠的只剩下杨马兵和那只黄狗。看来沈从文也不忍心再写下去。

就是不肯给一个美好的结局，凄怆中又余一点希望。究竟是书中人心中打了结，还是写书人的心结。有时候，一点希望比毫无希望，更让人痛苦。

那座小城，那个如诗如画的地方，人们来来往往，命运却纵横交错。就像翠翠的父母，两个人的爱不为世俗接受，于是用生命捍卫，义无反顾。就像翠翠和老二，不知道归期，甚至不确定会不会回来，翠翠还是那样等着，简单坚定。

那样一个人，唱出那样的情歌，让听歌人在梦里轻轻浮起来，来过就未曾离开。

于是，一片翠竹，一溪碧水，一座白塔，等一个人。

幻境，抽离，于澄澈的清水河之上，水面一片烟。

我想知道，后来的后来，她还在等什么。并非不知道那个人不会来了，依然天天月月年年，等，等，等，等。等待，已变成生命中的一种习惯。这习惯渗透骨髓，成为本能，成为不知不觉自然而然的姿态。她爱过的那张容颜早已在岁月中日渐模糊，而等待的习惯却如刀刻般越来越清晰。

每个人都是一座孤岛，张爱玲说，悲壮是一种完成，而苍凉则是一种启示。可怜我到现在才明白。

以前抄过纪伯伦的句子：爱情没有其他意义，只在于自己成全自己。觉得等待亦是如此，它是爱情的一种方式，抑或，是成全自己爱情的一个代价。我们总喜欢做一些让自己感动的事，也许那样无怨无悔只是想证明自己爱过。就像莫文蔚声音喑哑地唱，"努力爱一个人和幸福并无关联"。

我爱你，所以我愿意。

旧日温暖，是时间划过的故事。生生世世的宿命，如一场人生大戏。河水静静流淌，冲不淡那一份幽柔的情，山歌悠悠吟唱，道不尽那一段缠绵的爱。

你不在，爱还在。只能等待，毫无办法。春去秋来，等了一季又一季，仍暗自笃信，不要怕，还有明天。

抬头看钟，已是午夜。

时光流水潺潺一去不复返，让这辛酸无声流传。

6

人间烟火，无一是你，
无一不是你

情话千篇，不及你在身边

仿佛永远分离，却又终生相依。

——舒婷《致橡树》

蒙岚大学一毕业就去了美国。六年后，她答应了老同学谭锐的求婚，却从未跟他提起关于前一段感情的点滴。她不说，谭锐也就不问。只要现在的她跟他在一起过得开心，其他的事就都不重要了。

在回国休假参加的同学聚会中，一个同学小声问起，蒙岚这么好的姑娘，上一段感情怎么会没有结果。另一个同学正好看到不远处的谭锐，面露难色。他笑笑，云淡风轻地说，没事，但说无妨。

从同学轻描淡写的讲述中，他才知道，蒙岚的前男友得了癌症，是她全程在照顾着，直到他生命的最后一刻。让人无限唏嘘。

同学感慨于蒙岚贤惠和坚强的同时，谭锐也暗暗在心底对自己说，从今以后，要加倍爱怜这个好女孩。

一天傍晚，谭锐接到蒙岚无措的电话，屋里的灯不知怎

么忽然坏了。他买了灯泡匆匆赶到她的住处，架好梯子登上去。他拆下灯罩，看到天花板上有一团污渍，让她拿了抹布来，也没擦掉。先不管了，换灯泡吧。

屋里重新变得明亮。谭锐拿着灯罩准备装上去时，才看清刚才那团污渍竟是几行字。他揉揉眼，凑近仔细看。

"嘿，比我幸运的哥们。我跟你一样深爱蒙岚，也曾无数次想过跟她一生一世。但这也许是我最后一次帮她换灯泡了。你看到这些字时，也是我为你们祝福的时候。你一定要好好珍惜她。"

谭锐怔住了，眼角渐渐湿润。

蒙岚仰头催他，喂，怎么啦，发什么呆呢。

他轻声说，亲爱的，来，听我给你念一封情书。

寥寥几个字，读着却是心颤。

人间至情至性，从来都不只是风月。

死并非生的对立面，而作为生的一部分永存。读村上春树《挪威的森林》，至今十多年，依然念念不忘这句话。

又想，也许真正的永世爱，是缘，亦是劫，愈动人，愈残忍。

"很快你就82岁了，身高缩了6厘米，体重只剩45公斤。但你依然美丽，优雅，令我心动。我们一起生活了58年，而我对你的爱越发浓烈。我再次感到空虚啃噬着我空洞的心胸，唯有你紧贴着我，才能将它填满。"

平静下的深情款款，诉说着生死相许。

写下这封七十五页的情书《致D》的一年后，哲学家安德烈·高兹打开煤气，与罹患绝症的妻子共赴黄泉。

生则同衾，死则同穴。

他们都怕自己成为对方走后的独活者，他们更怕让对方承受这难挨的孤独和痛。所以他们选择一起离开尘世，用一生时光封存爱的誓言。

情必近于痴而始真。

我对死亡不再恐惧，我会安静坦然地走向生命的尽头。或许，我能在另一个空间里再一次与你相遇，相守。

原来爱情历经如许岁月仍可以澄净深厚。两情相许，竟可至如此境界。

快速消费，而后快速遗忘的速食爱情时代里，凤梨罐头还没过期，爱情就已消逝。这份走过大半个世纪而历久弥新的爱，仿若荒漠中的海市蜃楼。

"意映卿卿如晤：吾今以此书与汝永别矣！吾作此书时，尚是世中一人；汝看此书时，吾已成为阴间一鬼。吾作此书，泪珠和笔墨齐下，不能竟书而欲搁笔，又恐汝不察吾衷，谓吾忍舍汝而死，谓吾不知汝之不欲吾死也，故遂忍悲为汝言之。"

高中语文课初读此文，便一字一句记诵在心。

"吾至爱汝，即此爱汝一念，使吾勇于就死也。"

他赴死，用的是爱过她的同一腔热血。一封信，竟生生了却两个人的一世情缘。年少时，尚未明白这样的深情究竟是滚烫还是决绝。后来，在手写书信已成为古董的年代，我才知道这封信抵达的两年后，意映终因思念过度，抑郁成疾离世。

如此再读这封信，是透心的冷。越往下读，越是禁不起那份厚重的爱。我不敢去想，写信人会有多沉痛，读信人又该是怎样的肝肠寸断。

谁在冷夜惊醒的梦中倾情低唤，谁又在空庭哭湿的枕边断肠伤心。爱不在开始，却只能停在开始，我只好把缱绻了一时，当作被爱了一世。

你为何要这样不告而别，让我留守数不尽的寒夜。

烽火渐熄，狼烟散尽。觉民已长眠于黄花岗，意映也已化作纸上一个凄美的名字。

经彼此而生，为彼此而生。

唯愿，爱不再伤痛。

世上，再无断肠诗。

用力爱过的人，不计较

毕竟，先走的是比较幸福的，留下来的，也并不是强者，可是，在这彻心的苦，切肤的疼痛里，我仍是要说——"为了爱的缘故，这永别的苦杯，还是让我来喝下吧！"

——三毛《不死鸟》

好多次，我路过院里那扇虚掩的门，总想着，进去看看她吧。

终究没有走进去。还是等等，也许不久她就会再出门，一边看她的花，一边跟我聊家常。

她爱花，总喜欢一步一步慢慢走，像凝视自己的孩子一样，望着那些花。人是过客，花是主人。

她是我们院里年纪最大的老奶奶，今年九十岁。

第一次跟她聊天，是去年夏末。她拉着刚搬来的我到她的小花园，看她种的满园子花——月季、三角梅、桂花、含羞草、芦荟，她指指角落，藤架上还爬满了葫芦。

说起那盆叶子厚厚的芦荟，她笑，十多年前买的，当时只要两块钱。

老奶奶很健谈，拉着我东一句西一句。她那九十二岁满头白发的老伴，一直在花园口那条小走廊上拄着拐杖来来回回慢慢走，时不时看向她。而她跟我说话的间隙，也会偶尔转头看他一眼。

他们那天的样子，在我脑海中定格。

去年冬天，她老伴走了。

后来接连好几个月，都没见到她出来。

园子里变黄的葫芦一个个被风吹落在地。

再次见到老奶奶，是在五个月后。

她站在她的花园里，还是那身深蓝的盘扣棉布衣，看起来更瘦了些。

她看见我，对我笑了，带着一丝久未见人的怯意。就像那些在人海中与亲人走散的孩子，心里没了着落。

我说，出来啦，天气不错呢。

她开始跟我聊家常。

她说小时候上过女校，吃饭睡觉都要祷告；二十多岁从老家出来定居于此，生了五个孩子；那时孩子抱在手里才这么小，一下子就长这么大了，如今孙子都结婚了。

一个女人长长的一生，一顿饭的工夫就说完。

她说，一辈子太短。

照顾老奶奶起居的阿姨端着盆出来晾衣服，看见她跟我聊天，高兴地对我说，爷爷走后，她一直不怎么说话，不想见人，也不肯出门，连种的花都不管了，怎么劝都劝不动。今天总算出来了，还聊了这么久。

我这才想起，老奶奶说了这么多，却一个字也没提到他，她的老伴。仍是心头的痛吧，不敢碰。

听阿姨这么说，老奶奶没吭声，像有些不好意思。她明白的，所有人的劝慰，都是关心，都是好意。

而这几个月来的不愿说话、不想见人、不肯出门，许是她对他无可奈何又至情至性的痴意吧。

两人共同生活七十年，这个长度几人能有？爱，自发芽的第一天起，一生一世深植于血肉，终成生命无法承受之重。

　　某一天，时辰到了，心上最重的那一块，要被上天收回去。这失去，再无法找回，永世再不能相见。说再见不难，却要用生命剩余的所有时间来祭奠。剩自己一个人，如何再面对生命的变幻流转。

　　就这么，想到了那一句，错错错。

　　翻出老照片，看到沈园那天苍白的日光下，我一个人倚在伤心桥畔。阳光被切碎，从浓密的树冠中洒下来。

　　那里的光阴，始终停留在一阕叫《钗头凤》的词中，让别离得以悲伤地重逢，让破碎得以残缺地圆满。

　　沈园的梦，我一做十二年。

　　怀着近乎圣洁的心，沿着迷离的往事，我终于看到八百年前《钗头凤》和词的那块碑墙。消瘦的诗行，掩藏了太多依稀旧梦，永世的遗憾，弥漫了太多风雨春秋。独留两阕瘦词在寂寥的碑墙上深情对望。

　　他们用十年别离换短暂重逢，再用短暂重逢换一生别离。沈园早已成了他挥之不去的殇，结了厚厚的冷硬的心痂。

　　思念再苦，他仍是一次次回到沈园。梦里惊鸿照影，红颜依旧，醒来独倚栏杆，芳菲看尽，唯独不见她踪影。

能让一个当年万里觅封侯的男人，在八十五岁依然悲伤至泫然泪下的人，也只有她了吧。

心，被岁月刻出一道道浅浅深深的伤痕，思念从伤口溢出，疼痛穿透千年的记忆。惘然回顾，谁还在轮回的渡口，苦苦守候。

梦一场，爱一回，痛一生。你终究是我心头的一怀愁绪。

时光终是无言。那口宋井，依然是古物，依然有水，却再无佳人，踏柳而来。

伫立伤心桥畔，沉淀多年不敢触碰的往事倾泻而出，在心底流淌成海，跌宕回旋。回廊里挂满印证爱情的木牌，一对对情侣认真地在上面写着字。好像如此用力地写下誓言留在沈园，就能拴住爱情。

院深处，有人穿着戏服，化着浓浓的妆，咿咿呀呀唱着越剧，缠绵的唱腔随风飘散。余晖下，桥下的荷叶好像开到了天边，突然感到落寞。

有些人，虽然走远，却在心中永远留了下来。有些人，一直在身边，却不知何时，从心里走了。

我说，我是羡慕唐婉的。

一语成谶。

当我真的从你的身边人，变成了心中人，终是明白为什么那么多人会去沈园，悼念那首《钗头凤》。

如果可以，我宁愿不要这名垂千古的《钗头凤》，唯愿他们一生一世一双人。

可是，人生没有如果，却有太多但是。

时光与你，恰是正好

泪咽却无声。只向从前悔薄情，凭仗丹青重省识。盈盈。一片伤心画不成。

——纳兰性德《南乡子》

短短一篇报道，看得人潸然泪下。

一对老夫妇，相濡以沫数十载。本平凡得不能再平凡的生活，他却再无法享受。

沈阳寒冬街头。入冬以来最冷这天。

她突发心梗离世。匆匆赶来的他看她躺在冰冷的水泥地上，扑通跪下。他为她一一系上好心人为其做心脏复苏时解开的衣扣，再解开自己的衣扣，将敞开的棉袄盖在她身上，紧紧抱着她。

零下二十四摄氏度的寒冬，他抱着她在冰天雪地的人行道坐了两个小时，不肯放手。不知情的人还以为他怀中的她只是在熟睡。

路人劝他起来，执拗的他只摇摇头。

我不冷，我没事，我还不想起来。我想最后再抱她一会儿，以后都没有机会了。

数着时间，默守属于他们两人的最后一刻。

直到儿子赶到，含泪将母亲抱上车，冻僵的他才肯起身，在众人搀扶下颤颤巍巍站起来。他紧握车门，向车内久久凝望，嘴里仍不停念叨，今天不让你出来，你非得出来，怎么今天就走了呢。

一旁有人哽咽，此生做夫妻能这般，任何荣华富贵都不换。

人生最后一程，这样的寒夜，相伴一生的丈夫用自己的体温和爱暖着她。她必不至寒冷，不会孤单。

这是今年冬天我看到最温暖也最心碎的一幕。

不言再见，不说永远，就这么静静抱着你，看着你，已是一生。

曾经沧海难为水。如若不曾相爱，这一世轮回如何流转。如若无缘相守，这一生何苦走一遭。有没有一种永远，让生离和死别都遥远。

让我再抱你一次。

仍是同一句话，看另一场别离。

"来，让我再抱你一次，就算你已成白骨，仍是春闺梦里相思又相思的亲人啊！

"结婚以前在塞哥维亚的雪地里，已经换过了心，你带去

的那颗是我的，我身上的，是你的。埋下去的，是你，也是我。走了的，是我们。

"荷西，那么让我靠在你身边。再没有眼泪，再没有恸哭，我只是要靠着你，一如过去的年年月月。"

你流浪远方，天涯为家。何其有幸，是这个男子，相依相伴，不离不弃。又何其不幸，待你万水千山走遍，亦是这个男子，离你远去，天人永隔。

忘川彼岸，奈何桥上，竟是自己至爱的人，踽踽独行。桥畔那块三生石，日日夜夜，天天年年，看来来去去的芸芸众生，喝下那碗用自己今生眼泪熬的汤。自此，世间种种，未了的情缘，欠下的宿债，刻在骨上的誓言，一笔勾销，再无瓜葛。

看尽人间尘缘，悲欢离合，生死轮回，你却过不了情关。

没有他的世间，你陷入深沉幽暗的绝望。你伸出手，想抓住他，却被狠狠划破。心淌着血，这伤口，这破碎，再无法愈合。多少次梦中醒来，你撕心裂肺哭喊，荷西回来！荷西回来！

痛入肺腑，不敢呼吸。

心疼。我爱了你这么多年，这么爱。想起你对荷西说，你不死，你要给他做饺子。我以为你真的是那只不死鸟，有着不灭的灵魂。我忘了你亦是凡人，是最后用丝袜杀死自己的女人。没有了荷西，你便没有了不死的理由。

那个吃你饺子的人走了，终究你也跟着走了。

撒哈拉，黄沙仍在漫天飞扬。加纳利，潮汐依旧起伏不停。

一阵陌生的风，一条陌生的路，一座陌生的桥。

暮色逼人。

我看到你踽踽独行。天地仍在，突然只剩你孤孑一身。你看你痛成那样，心口的血把忘川都染红。

你要记得我的话。喝下孟婆汤，世间一切，自此不再。你再不会痛。

你为什么要这样。宁愿跳入忘川忍受千年煎熬之苦，也不喝那碗汤。

你在忘川，望穿秋水。

从此甘心为茧，永不化蝶。

谢谢你，曾照亮我的晦暗

我本可以容忍黑暗

如果我不曾见过太阳

然而阳光已使我的荒凉

成为更新的荒凉

——狄金森《如果我不曾见过太阳》

下班后，我一个人坐在办公室，翻开《莲花》。脱了鞋，将双脚放到椅子上蜷缩起来。天色渐沉，听到窗外的雨声。

庆昭对善生说，明天我带你去看西藏最早的一座寺庙，山南的桑耶寺。

桑耶寺。在我关于西藏的所有记忆中，每每想到它，总是瞬间感觉又回到那酥油味弥漫的幽暗殿堂里。

那天突然下起小雨，我走在桑耶寺冷清的走廊屋檐下，意外看到一个小小的译经院，很高，只有一架木梯可以通达。我攀上木梯，雨由渐沥变得倾盆，我被困在那里。没有人经过，身后的殿堂闪烁着烛光，不敢回头看却仍能感觉到佛像直直的目光穿过凝滞的空气凝视着我。我蹲坐在译经院台阶上，一个人哭。一扇木门，一缕暗光，永远忘不掉那一刹的孤单无助。

再次读到内河在医院见到弥留的老师，心开始痛。

他用尽最后气力，向她道歉。是的，他背叛了她，亲手将一个女孩的梦打破。

内河笑着告诉他，她早已原谅。转身后，仍是流下眼泪。就像电影《杀死比尔》最后那个镜头。女人大仇得报，最终却一个人关起门大哭一场。

恨一个人，是因为爱。笑着告诉你我已放下时，其实并未放下。感情和记忆总是背道而驰，而时间成为沟通一切的桥梁。

最后，内河抓住已停止呼吸的老师的衣领痛哭。我恨不能紧紧抱她，却又感到一丝欣慰。一个人在生命将要结束时，唯一能想到的人，应该就是被藏在心底最深处的那个人了吧。

彼时的苏内河，白色棉布衬衫，蓝色布裙，光脚穿一双球鞋。长长的麻花辫拖在胸前，眼睛澄澈晶亮，像是泪水。很多次，善生困惑地伸出双手去接内河眼里欲滴的泪珠，内河就说，善生，我没有哭，你总以为我哭了。

就像历经日晒雨淋的玫瑰，开着花，带着刺，却必定在每天早晨挂上微笑的露珠。单薄的身躯找不到适宜的爱去拥抱呵护，只好变得坚韧。

这样率真的女子。执着，特立独行，听从内心的声音，活得真切。飞蛾扑火般，不向世俗做一丝妥协，搅得世间腥风血雨，心血枯焦，完全不计代价。

从此岸到彼岸，涉水而过，是必需的，怎么能怕受伤而不过。

内河：善生，你会怎么去判断你是否真正地喜欢过一个人？

善生：如果那个人，与之分开之后，依旧喜欢他，惦念他，那么他与你的生命是血肉相关的。

内河：我需要感情。很多很多的感情。我对感情有过度的贪心和嫉妒心。

善生：能够不再远行吗，内河。人生不过如此，不要再四处漂泊，颠沛流离。不如让我们回到故里，慢慢一起老死，寂静度过余生。

内河：不。我的一生从未做到过在俗世的幸福面前可以理所当然。……进出墨脱只能靠徒步，路途艰难。但是你以后可以过来看望我吗？你会来吗，善生？

善生：是。我会来。如果你天亮要离开，请与我道别。内河。

来。来。善生。跟着我来。

内河穿着白裙子，像坏坏的精灵一路牵引着善生走向隐秘的森林，以及此后一生心灵的羁绊。

这句话是魔咒。

当善生来到一排简陋的校舍前时，终于见到了内河信中提到的学校和孩子们。桌上摆着一张她的照片，依旧如十三岁那般，白衬衫，蓝裙子。多少年过去了，她依旧瘦削。

善生手心渐渐攥紧，苏内河，我来了。

看到这，心还是悬了起来。明知道结果，仍幻想奇迹发生，幻想庆昭和善生千里迢迢来到墨脱，能见到内河。

当内河的朋友告诉完全不知情的庆昭，内河两年前送学生回家途中遇山体滑坡掉到河里，遗体至今仍未找到时，我为一直默默的善生落泪。

到底是怎样一个男人，明知去了也见不到内河，明知她两年前就已消失在这个世界，仍是不顾一切，翻过雪山，穿过原始森林，走过蚂蟥区，越过沼泽，面临随时可能发生的山体滑坡与泥石流，还是要去。

善生终于哭了，从墨脱回来的路上。

庆昭最后那个梦，也许就是善生最后的结局，他也去了，追随着内河。

内河就似一条河流，永不停息，执着奔往自己的方向。善生心底深处，其实从未离开过内河。终其一生，不论相隔多远，多久，有多少艰辛，他始终跟随她的呼唤。那个叫内河的女子，就是他的生命，亦是他的宿命。

他们有各自的生活，他们有各自的爱人，他们有各自的遭遇，他们有各自的命运，他们毫无遮掩地看着彼此破碎。他们整夜相背而眠，残缺的两具灵魂贴在一起取暖。他离不开她，她也不曾离开。彼此生命中的寒冷太凛冽太漫长，唯一拥有的温暖，就是来自对方灵魂的火种。一点点，很小，却是唯一。

终生不说一个"爱"字，灵魂却纠缠了一生。

缺失，找寻，深埋。

破碎，完整，真实。

有人说，看不懂《莲花》的人是幸运的，心里不曾被划下伤口。然而，总有一些人看懂了。懂善生，懂内河，懂物质的虚无，懂自身的脆弱，懂无爱的悲凉。

合上书，我默念那一句话。

来。来。善生。跟着我来。

有几人能够说出这样看似平淡，而内里深重的话语。有谁能够？

隐秘的圣地，莲花的蛊惑。穿透云雾，一路朝拜，我终将来到你面前。于长或短的时光隧道中洗练重生，为生命中每一个无法承受的绝望与悲哀的瞬间而悲悯。

凤凰涅槃。

这世间所有，不抵你的温柔

问世间，情为何物，直教生死相许？

——元好问《摸鱼儿》

一

古老遥远的希腊。

乐神缪斯之子，那个名叫俄耳甫斯的人，他的琴声陶醉了整个宇宙。

得知他的爱人被毒蛇咬死，他发誓要到冥间将她寻回。

俄耳甫斯轻拨琴弦，弦音如泣如诉悠悠流淌。

冥界之王啊，我历尽艰难险阻，才来到你的面前，请你让她回到我身边。若非如此，我宁可死去，也不愿独自返回人间。

歌声那样凄绝哀婉，唱碎人心。冥王被他的音乐折服，终于应允。于是解除死亡之约，恩准他带着妻子回到人间。

可是，他不能回头看她一眼。

怎么能够不看你呢？这样漫长的声息的消失，连生命都要干涸了，你知道我眼中深藏多少喷薄欲出的思念吗？

请原谅，我这一刻的回首。

爱，只有再见，没有永别。

即便去到另一个世界，我的亡魂也不会停歇。

二

终于来到这个小小的中世纪院落。

高墙，老宅，小阳台，红砖墙上爬满绿色的藤蔓。

幽静，别致，浪漫。一切都这样深情款款，空气中弥漫着一种味道，不断牵动内心深处最柔软的地方，想逃也逃不掉。

莎士比亚说，罗密欧就是攀上这座大理石阳台，与朱丽叶深夜幽会，互诉衷肠。

宿命，那继承了姓氏的我们的宿命。

死亡，也不能将你我分离。

清风与我们做伴，月光缠绵在身旁。

我和你，将飞向高地、海洋和未知。

爱到了深处，生死当真是一件可以置之度外的事吗？

如今，这个宅院四周的墙壁和门庭上，涂满了密密麻麻的字画。三米多高的爱墙，汇集了全世界不同语言的文字符号，核心只有一个字——爱。

一个外国小伙子正奋力将恋人高高托起，女孩子终于在爱墙的高处找到一块小小空隙，她幸福地将手伸高，在那里写上用心形圈起的两个人名。

罗密欧和朱丽叶已在莎翁的笔下成为永恒，以爱之名。

如歌的文字拂过一个时代。今天，人们站在这座小小宅院里，面对写满誓言的爱墙，是否还能记起几个世纪前，就在这里，曾有一对恋人深深相爱，直至付出生命。

三

很早以前就想去丽江。

而看了这么多丽江的风花雪月，迷醉流年，越发不敢独往。我该如何在泸沽湖的情人树前藏起落寞的眼神。

只好再一次执着面对，任性沉醉。

踏进了云杉坪，这块藏在原始杉林中的巨大草坪。绿草如茵，繁花点点，玉龙雪山近在眼前，千年冰川清晰可见。

这样美的仙境，却曾是相爱的纳西族情侣的殉情之地。他们悄悄来到这里，共度一生中最后的时光，然后面对雪山，或相拥跳崖，或杉树上吊，或服食毒菌，双双死去。

走在埋葬过无数年轻生命的野林草甸，怀想曾经如此炽盛的殉情之风，那在岁月风雨中破碎凋零的爱情残梦，茫茫人世的凄美悲怆，无限唏嘘。

在一个小山村，我听到几个纳西小伙子和姑娘用口弦弹奏曾经的殉情调，凄清、幽怨、悲伤。晚霞中的金沙江如燃烧的火焰，静默千年的玉龙雪山给江面染上一层寒光。我在灼灼闪烁的火与光里看到逝去岁月中那一对对纳西人倔强的灵魂。

相依相伴，生死与共。

四

妈妈喜欢《梁祝》，小提琴也拉得很好听。

我五岁学琴，她就一直盼着有一天能听我拉这首《梁祝》。怀着这份期待，每次上完小提琴课我就问老师，什么时候可以学这首曲子。老师总是说，再等几年。

我偏没有等。那时候每天都练琴，并不十分情愿，总心不在焉。完成老师布置的练习曲后，我就迫不及待翻开字迹模糊的复印谱开始练《梁祝》。厚厚几十页谱，三十分钟的曲子，练起来却是我最投入的时候。

手起，琴响，心随琴声游离千古。儿时对爱情的想象，掠过楼台，西窗，花丛，定格在蝴蝶翩跹双飞的神话里。再大些，用钢琴也能流利弹出《梁祝》了，却终觉不如小提琴那般婉转悠长。

转眼二十多年。

暗夜无边，在床上辗转反侧。打开收音机，听到《梁祝》，过电般的感觉瞬时从头顶直灌背脊。隔了这些年重听这首曲子，还是轻易就流出眼泪。

一段远古的爱情，穿越时空，漫过岁月，姗姗而来。

学堂同窗，少年时光，初识世事。她望着那对蝴蝶在烛火前振翅欲飞，再望望天。年少不知愁，无端端一枝桃花那样映入眼瞳。

哪知初见这流转的笑靥，只一瞥，一眼万年，缘起便沦为梦回。彼时雨疏风骤，映照你我眼中的情潮翻涌，再难将息。天上宫阙，一时不知今夕何年。

蝶儿在弦上嬉戏，层层叠叠，密密匝匝。

就这样陷入那个世界里，无尽滋味。小儿女情事，至纯挚爱，两小无猜，与子相悦。那种青春烂漫，张牙舞爪向我扑来。

然而，死生契阔，仍是半点不由自己做主。

大提琴与小提琴喑哑对诉。

门第之见，富贵冷眼。他在门外，看红布挂起，锣鼓喧嚣，明知她要嫁人，却是嫁给别人。

他用最惨烈的方式，咳着血，磐石一样轰然倒下。不甘心，他又怎么能甘心。他说，把我葬在她出嫁的路上。楼台会后音尘绝，我要看她最后一眼。

孤坟一座，冷冷清清。

花轿一台，藏着凄恻女子。

风吼，雨泣。乌云压过来遮住月光，凄厉的惊雷那样剧烈而惊悸。一袭红裳毅然决然地高高飘扬，额上却系着未亡人的白布。楼台一别恨如海，若不是自己固执求学，怎么会遇到你，怎么会害了你。这世上再寻不到你踪迹。

泪化血，心已碎。虚弱的身子里，心念已决。嫁衣一件件抛下，伴随曾以为盟誓便能永生永世的心恸，将至死不渝在指尖和血写下。即使下泉台赴阴司，那奈何桥在我眼中，也不过短短的十八里长亭。

那挡住婚娶之路的漫天狂沙，那说开就开的墓穴，那剜心刮骨的苦恸竟如身受。终是忍不住越哭越凶。为什么就是不能，幸福不过咫尺的距离。可是怎么办呢。

一首爱情悲歌，不停循环，悲怆在心间蔓延。两心相印的少年人信守彼此誓约，不惜一切不离不弃。那些烂漫痴重的爱情啊，每次回望，一张一张，全是你的笑脸。

笑脸越温暖，心就越疼痛。所有的好就只是学堂的一瞬光阴，同窗而学，渐有的情愫铺满整个少年时光，和着花香与书香。那短短几个季节，竟是生命全部的盛夏，炽烈而灿烂，足够弥漫双眼。

时间划过皮肤，短暂惆怅的幸福，刺猬似的抱成一团慢慢在心里滚过去。

心碎，弦断。余音绕梁。

还在难过什么呢。生同衾死同椁，这难道不是爱情最美的落幕？

楼台，西窗，花丛。

琅琅书声，白衣少年。

你看那碧草青青，蝶舞成双。

五

　　表哥的姨妈是广东粤剧团的名角。小时候，每次她到家里来，都会缠着让她唱一曲《帝女花》。

　　还是那么小的年纪，每每听到那句，"将砒霜带泪放落葡萄上"，都不由心中一动。看着屏幕里红袍乌翅、凤冠霞帔的两个人，双双饮泣在含樟树下。如泣如诉的曲调痴痴回荡，一曲终了，竟然心中发酸。

　　古老的爱情凭借一曲长歌复活。急管繁弦中，世显与长平公主，终敌不过命运的无常，疏离悲切的自奠叹息出绝响。

　　十多年后，又让姨妈给我唱《帝女

花》，她却讲了一个故事。

姨妈在粤剧界的一位老友，六十二岁的白云峰，在与肝癌抗争一年后，永远闭上了眼，再没醒来。

三天后，与他相差三十九岁的弟子何海莹，自杀殉情。先割腕，后悬梁，这样刚烈，这样决绝。

何海莹走的前一天，还在登台演出，选唱的是《今生缘尽待来生》。整首曲目，她是流着泪唱完的。个中深意，一天之后人们才明白。

"实在对不住了，各位团友，原谅我不辞而别。峰哥去

了，我无法面对那些难忘的日子。我实在搁不下这段情，可否将我的遗体与峰哥合葬？"

她将遗书留在了白云峰生前的桌上，满满一页纸，句句感人肺腑。遗书结尾分明写着：在天愿作比翼鸟，在地愿为连理枝。

剧照里，白云峰还是那身武生打扮，何海莹则扮花旦，低头浅笑。

剧中，世显与长平公主仍在深情对唱。

世显：寸心盼望能同合葬，鸳鸯侣相偎傍。泉台上再设新房，地府阴司里再觅那平阳门巷。

长平：地老天荒，情凤永配痴凰。

世显：帝女花。

长平：长伴有心郎。

合：夫妻死去树也同模样。

到底是人生如戏，还是戏如人生。

舞台上，眼角的油彩干了又湿，模糊了容颜。爱踏着莲花碎步在心尖寸寸游走，在灵魂中轻歌曼舞。

是否入戏太深，就出不了戏。

今生唱完这出戏，拖着凄凉的尾音，将脆弱的华美撕碎，在你怀里，一睡千年。冥冥中轮回着命运的悲戚。

一定还会有来世。来世，你不是世显我不是长平，来世再没有遗憾，再没有什么能够拆散我们，即使是生与死，也不能。

然而，何为人生，何为戏。

永远只能在戏里，才是最简单的。

但是，我醒了。

7

凡是过往，

皆为序章

年少的时光，潦草离散的你

"我那时什么也不懂！……我真不该离开她的……我早该猜到，在她那可笑的伎俩后面是缱绻柔情啊。花朵是如此的天真无邪！可是，我毕竟是太年轻了，不知该如何去爱她。"

——圣·埃克苏佩里《小王子》

在机场道别时，他给了她一个盒子，看她拖着行李远去。

坐在机舱里，她打开盒子，看到几本相册和一张卡片。

翻开相册，那一张张照片是他去过的城市，走过的街道，看过的风景，每张后面都记着拍于某年某月某日。卡片上写，这些是我想你的日子。

一如他们的年少，他躺在沙滩上望着无边的海，想着她。

每天上学，他都会站在她家旁边那条小路上，靠着墙等她。

那时候他没有钱，周末只能跟她看场电影，然后拖着她在公园闲逛，买小摊上便宜的汽水，喂她吃最爱的冰激凌，再在深夜一起等回家的末班车。

她说好冷，他就把她冰凉的手放进他敞开的黑色外套里，然后把她的脸，把她的身体包裹在他温暖的怀抱里。

家人发现了。她的母亲哭着质问他，你还这么小，你怎么对她负责？他终于应允，等考完大学再去找她。

他再没去找她。在一次争执中她赌气说，既然这样我们分手吧。他也生气，分手就分手。

就这样潦草离散，一转眼便是六年。

他在外地一个酒吧当了吉他手。她在外四处漂泊，终于有一次在酒吧里遇上他。

他们一起喝酒，他看着从不喝酒的她一杯接一杯。他拿开她的酒杯，让她摸他的胡碴儿，他说他老了。

走在深夜的街头，她说，好冷。他解开大衣，把她冰凉的手放进去，然后把她的脸，把她的身体都放进去，他的怀抱一如从前般温暖。

她回到自己的城市，继续以往的生活。

她偶尔给他写信，跟他说四处独行的孤单，说孤单时很怀念家旁边那条小路。他靠着墙等在昏黄的路灯下，沉默无语，眼神却那样深情。她一直记得他那时的样子，和他怀抱的气息。谁也拿不走，初见的画面。

再去找他那天，她坐在黑暗的酒吧里看他在舞台上弹吉他。他脸上满是胡碴儿的轮廓已变得沧桑，但在她眼里，他仍是那个把她包在大衣里让她取暖的少年。

一曲唱毕，她终于能在大家的掌声中对他吹一声响亮的口哨。身边一个女人笑着说，他很帅对不对？她点头，对。女人又轻轻说，我们打算今年夏天结婚。

短暂的狂欢以为一生绵延，漫长的告别是青春盛宴。隔了时空的隧道，路途遥渺，你那里，我终究是去不成了。

匆匆那年，我们从热闹的舞场转到寂寞的戏台，唱一首撕心裂肺的歌，喝一壶肝肠寸断的酒，演一场阴晴圆缺的戏。那些许下的诺言，是否真的可以永远。那些爱过的人，是否最终都成了过客。

哪怕是岁月，篡改我容颜，你还是昔日，多情的少年。

梦里反复跟自己说对不起。

单薄的流年里遇到你，让我的青春兵荒马乱，暗伤连城。可缘分总是在我们之间，马不停蹄地错过。

我在玻璃窗上用雾气手写着我爱你，却在下一秒难过成你不知道的样子。

找到又丢弃，世上的另一个自己。就像做了个长长的梦，下坠，破碎在最深的梦境，极致的悲苦愈见清晰。那痛不欲生的疼，竟开出了大朵、鲜红的花。盛放，一望无际。

年少的岁月，难舍的爱。

无疾而终。

那个你曾念念不忘的人

一切都是命运
一切都是烟云
一切都是没有结局的开始
一切都是稍纵即逝的追寻

——北岛《一切》

她拈着一颗玉石，俏皮地举到他眼前，看，这是什么？

玛——瑙！他配合着拖长音笑着回答。

时间就这样定格在那一刻。

在柳州奇石馆里，我听到这个故事。正如一折老套的戏，门不当户不对的两人相爱，在他父母威逼下，戛然而止。

那天，她欣然前来赴约，他却取出一件碧玺放在她手心，低头说，看，天然的籽料，留个纪念吧。

碧玺在手中泛着温润的光泽，她紧紧咬住嘴唇，握住了它。他看到眼前苍白的脸和清亮决绝的眼神，没有一滴泪。

那一刹，他的心疼了一下。

后来遇到的那些女孩，再不似她那般净纯温善灵秀，那些眼睛里掩不住对他家世的倾慕。他从小赏玉相玉，心思清明，只想寻一个心性如玉般净纯的女子。而在他看来，她们不过都只是石头的质地。

听说她嫁了个爱慕她的男人，他索性凉了心，听从父母之命，与父亲朋友的女儿成了亲。

一天，朋友找到他，说是看中了一块宝玉，请他去相。

随朋友一路找到那家装修雅致的店里，看到一个娴雅素净的女子正在凝神燃香。朋友说，她就是店主人。她转过身，他一愣，两人都怔住了。

那一刹，恍如隔世。

朋友对她说，前几日无意看中店里那块碧玺，今天特意请了位识玉的朋友来估价，想把它请回家。

她道，这件碧玺是别人所送，本是情意之物，并非卖品。你若觉得跟它有缘，那就让它随缘吧。说着，将碧玺托到他眼前，您是识玉的人，给它估个价吧？

他眼前突然浮现当年她俏皮地举着一颗玉石到他眼前，看，这是什么？

他一时恍惚，手足无措，低声说，若是情意之物，那还是留着吧，雅物成了买卖就俗了。

回去的路上，他对朋友说，那碧玺不过是普通玉料琢成的，上面还有瑕斑，万万买不得。

朋友不悦，我好不容易寻到件有缘的宝贝，你却拦着挡着。

他没再说话，他实在无法说出，那碧玺原是多年前他随手拿来的一块普通石头，并非玉质。

当晚，他和朋友多喝了几杯，趁着微醺寻回那家店，借着醉意说起往事，当年我眼拙，那块碧玺……

她淡然一笑，记得你说过一句行话，玉不骗人，只有人才骗人。不过我相信你的情意是真的。其实那籽料并非碧玺，是上好的翡翠，只是当时你没看出来罢了。这些年我一直随身带着，也算养玉，如今它已成了块温润的好玉。

他黯然，我不是识玉之人，只认得石头。

她道，玉、石本就分不了那么清楚，就看人怎么去赏了。

秋月皎洁，她在透过窗户洒进来的月光下煮茶，茶香氤氲。送她碧玺那天，也是这样的秋夜。若不是年少懵懂，此时她该是他温娴的妻吧。

他苍凉望着墙上一幅卷轴，那两行龙飞凤舞的草书。

淡极始知花更艳，愁多焉得玉无痕。

一杯茶，喝到冷却。一出戏，看到落幕。

后来，终于在眼泪中明白，有些人一旦错过就不再。

后来——每次想到这个词我就很难过，多无奈的词语。

我是吸吮你眼泪的那只蝴蝶，想以此谋生。你却轻轻揉碎我，这一刻你才能快乐。你指尖的粉末依然清香，露水和诺言，还有擦不掉的清澈泪滴。

我终于可以停止。

总有一些路，你要自己走

年轻时，我们彼此相爱却浑然不知。

——叶芝《沉默良久》

刷朋友圈时，看到大学同学王子晔的状态：分手快乐。

算算，王子晔跟男友在一起近两年。男友走的时候对她说，我知道你心里还一直想着他，送你戒指的那个人。

王子晔未做任何解释，也不挽留。她想，手上那枚戒指，仅是习惯而已。而他竟和一枚戒指吃醋，实在可笑。

送她戒指的人，是我们班的崔子谦。

他们算是大家眼中的青梅竹马，青春正好的男孩和女孩，并肩走在一起都是一道亮丽的风景。

两个人自习课总是坐在一起写作业，低头讨论问题，一切是那么无忧无虑。

那天是她生日。下课后，在学校操场上，崔子谦拿出一对银色的戒指。两枚戒指各有一条水波般优雅的曲纹，对上后，能紧紧合在一起。

崔子谦戴上其中一枚戒指，为王子晔轻轻戴上另一枚，大小刚好。她想起生日前几天，他握着她的手仔细端详。

她每天都会出神地望着手指上这枚戒指，呆呆傻笑。有时候，崔子谦会忽然抓起王子晔的手，看那两枚戒指情意绵绵靠在一起，开心地笑。王子晔故意问，干吗啊。崔子谦说，没事没事，却掩不住眼底的柔情。他是在乎的，她明白。

五年里，看着他们笑他们哭，分分合合一路走来，以为能看到未来，谁知仍是躲不过曲终人散。

她手上那枚戒指，却始终未曾摘下。依恋，抑或怀念，她未曾想过。直到它陪她走完另一段感情。

慢慢地，戒指的光泽日渐暗淡，戴在手上也不再耀眼。直到有一天，戒指不小心弄丢了，只剩她中指上一圈清晰的白痕。

自那以后，她那被印下痕迹的手指总觉得缺了点什么，像是戒指的重量，或是触感。她总不由自主地去摸那凹下去的痕，那个原本戴着戒指的地方。

后来，她索性去买了个新戒指。然而感觉完全不对，很快被束之高阁。

一天，王子晔无意中在网上看到个故事：

女人看到别人手上戴的白金戒指很漂亮，羡慕地说，我也想要。男人看在眼里，却实在买不起。

不久，女人过生日，男人送给她一个用透水油纸包着的纸戒指，很别致。女人戴在手上左看右看，很喜欢。

女人后来嫁给了一个有钱的男人。结婚时，全身首饰金光闪闪。她把男人送给她的纸戒指塞到了抽屉角落。

不久，她发现丈夫与一个年轻貌美的女子混在一起。女人悲从中来，忽然忆起送她纸戒指的男人。

一次，女人在路上与男人不期而遇。男人也已结婚，住在出租屋里。男人的妻子给女人倒茶，女人看到她手上戴着的纸戒指与被自己扔在抽屉里的几乎一模一样。她想，他们过得清苦，却幸福，不似自己，一无所有。

后来，女人翻出被她丢在角落满是灰尘的纸戒指，重新戴上。朋友都夸她的戒指精致，问是谁送的。女人黯然说，有些东西，失去了才知道可贵。

屏幕前的王子晔无声流下眼泪。

她开始疯了似的在每个商场，每个网店寻找当年的银色戒指，波纹暗合的对戒。

终于有一天，在一家小店里，王子晔找到了一模一样的银戒指。她立刻买下，戴上，却发现，感觉仍是不对。这么些年过去，是瘦了吗？戒指在中指上松松地晃，时刻提醒她，这，分明不是当年那一枚。

　　就算买到了同样的戒指，却再买不回，男孩在戒指上留下的情，以及爱情在戒指上刻下的时光。

　　遥想从前，流年里搁浅的那些琐事，经年后，依旧清晰。月，无论圆缺，只要它的清辉曾映着拥吻的我们。然而此刻，我看不见月，也看不见你。

　　爱情如烟花绚烂，誓言纷飞，天空伤痕累累。还能回去吗？

　　待十指紧扣，想要挽住丝毫，才发现韶光早已被辜负。

　　散，然后终。花朵在暴烈时光中恣肆，日光留下的伤口和疼痛，是属于身体还是属于心，不曾知晓。那些曾经，那些过往，似一袭旧袍，划满岁月的痕。

生活依然。一些人来一些人走，谁得到谁又失去，兜兜转转，终逃不出宿命的棋局。

兵荒马乱的青春，无处安放的流年，我们曾路过。柔风暖阳，长乐未央，难忘的仍是醉了你醉了我的匆匆那年。

年少的时光总会过去，他们也终将走向不同的方向。

最后的最后，我们只能被听说。

8

时光太瘦，指缝太宽，一转身就是一辈子

所有的决绝，都是因为攒够了失望

我们在风中游泳

寂静成型

我们看不见最初的日子

最初，只有爱情

——顾城《是树木游泳的力量》

在一档情感心理节目中，夫妻两人分庭对峙。

男人出轨，要跟女人离婚。无奈她本分持家，他实在找不出借口发作，只好自顾自发牢骚，说感情如何变淡，如何受够了她。

十五年的婚姻，她为他生儿育女，耗尽青春。新婚头几年，两人也算相敬如宾，但时间长了，生生变成了"相敬如冰"。

他的抱怨，她仿佛一句都没听见，只是呆呆望着他的唇机械般不停开合。

他头上略微有些白发，眼角也有了皱纹，脸上的胡碴儿没刮干净，牙齿因为常年抽烟而变得黑黄，身上的衬衫已经褪色，皱得发旧。

眼前这个急于摆脱自己的沧桑男人，就是自己的丈夫，一起同床共枕十多年的人。

我究竟爱他什么？

许久，女人终于开了口，以后，降压药还是得坚持吃。

话还没说完泪就掉下来。说这话的同时，男人正数落她，饭做得不对味，孩子考试不及格，婆婆摔了一跤……这一切，都是他指控她的罪名。

人旧了，连呼吸都会被嫌吵。

而此时，她却还挂念着他是否安好。

遇到了红玫瑰，白玫瑰便成了衣服上沾的一粒饭黏子，想要掸掉，却又紧紧粘在手上。

命中该有的际遇，染上了瑕疵，终究无法装作不介意。司马相如曾负卓文君，阮郁终弃了苏小小，咸宜观亦只剩孤零零一个鱼玄机。

如花美眷，敌不过似水流年。爱到最后，不是流年稀薄，就是缘分太少。

终不得圆满。

爱要怎么开始，怎么结束。故事该怎么走进，怎么走出。看尽多少悲欢，总是那么无能为力。爱情，终归是一场不对等的角逐。

你不告而别，我恋恋不舍。你始乱终弃，我至死不渝。

相爱时许下的携手与共，地老天荒，厌了的时候，恨不能马上从生命中抽离，再无瓜葛。曾经生死相依的爱恋，竟成了你我想方设法要抹去的回忆。

爱是爱消失的过程。离开后，杜拉斯这句话让我如梦方醒。

你曾故意绕远路送我回家。三环上的灯光在眼底，一晃而过。最初，你的心像路灯那么清楚。最后，你的心像迷宫没有尽头。

别后的梦里，我一再回到那个夜晚，看我们在风中道别。

当我翻开书，看到某一页夹的你写给我的字，总是痴想，如若时间能就此定格，于那段你我彼此心知的时光，该有多好，多好。

思忖半晌，只苦笑。明白，再回不到从前。生生地看着，曾以为可以理所当然拥有的人事，消失不见。

终究还是输给了红尘里只道寻常的那抹春光。

爱情是一场突如其来的际遇

有一次，我们梦见彼此形同陌路

醒来才发现我们相亲相爱

有一天，我梦见彼此相亲相爱

醒来才发现我们早已是陌路

——泰戈尔《飞鸟集》

大学时，鲁维多找了个北方男友。两人如胶似漆，一毕业就结了婚。

他的拿手菜是疙瘩汤。面疙瘩，鸡蛋，番茄，小白菜，香菜一起放水里煮，最后加调料，香喷喷的疙瘩汤就出锅了。而鲁维多却喝不惯。在她老家，面疙瘩只有甜的。

她不爱喝，他也就不怎么做了。

一次，他们请了几个朋友到家里做客。他下厨，其中一道菜就是疙瘩汤。朋友大赞他的厨艺，说尤其那碗疙瘩汤，普普通通的材料居然做出了海鲜味，真是神了。

他得意地瞟了鲁维多一眼说，只有我老婆不爱喝。

从那以后，她时不时也会让他做一两次疙瘩汤，似乎慢慢习惯了这简单却可口的味道。

谁也没想到，这段人人看好的婚姻，在七年之后还是画上了句号。

去民政局前一天，鲁维多说，再做次疙瘩汤吧，以后也喝不上了。

他低头，以后想喝了跟我说，我给你做。

话虽如此，两人到底已成陌路。每天醒来，看到身边空空的枕头，鲁维多说，就会想到"生离死别"这个词。曾经每时每刻都陪在身边的人，生生地永远离开了，一切戛然而止。这种生离，比死别还惨烈。

在一次同事聚餐上，桌上又是疙瘩汤。只喝了一勺，她脱口而出，我老公做的比这好喝多了。

说完心里一紧。她黯然，自己连叫他老公的权利都没了。而如今，他在给谁做着疙瘩汤？

那晚，她突然想喝疙瘩汤，抓心地想。起床，穿外套，拿着钱包冲下楼，来到以前和他常去的那家小饭馆。

满满一大盆疙瘩汤，她一碗一碗不停喝，有什么咸咸的落到碗里，她抹把脸埋头继续喝。最后一口喝完

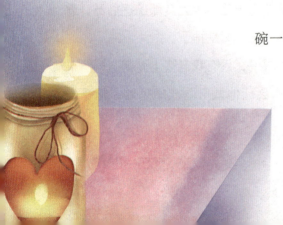

后，她跑到厕所，在号啕大哭中，把刚喝的汤全吐了出来。

那天之后，鲁维多彻底戒了疙瘩汤。

荏苒的，总是时光。徒留的，唯有心伤。

谁没有过这样的经历呢。曾听着他的话才能睡着，后来听到只剩不耐烦，曾温柔亲吻过的面颊，后来也不想再多看一眼。就这样，曾用很多年才走到一起的两个人，不到一天就各奔东西。

甚至来不及说一句分手，甚至来不及为曾经的伤害道一声抱歉。

是的。爱情正是一个将一对陌生人变成情侣，又将一对情侣变成陌生人的游戏。

还记得多年前热播的《甄嬛传》吗？

不知有多少人和我一样，觉得皇上和甄嬛的初见是那样美好。

那一年，杏花微雨，她坐在秋千上。秋千高高荡起，她竟不知是踏春而来的他在身后推了一把。

良辰美景奈何天。愿勿相忘，愿勿相负。

然而，悲剧的来临总是毫无征兆。命运伸出它的手，埋下种子，诡秘地笑，等待开花结果那一天。

嬛嬛，你已经很久没有叫过朕四郎了，你再叫一次，好吗？

你再叫一次朕四郎，就像你刚入宫的时候一样。

弥留之际，他终未能如愿。

凤凰于飞，翙翙其羽远去无痕迹。天子又如何，拥有天下又如何，想要的那颗心，得到复失去。情之所钟，终究还是错过了。

而当他再也听不到她的声音时，她泪流满面，轻唤一声四郎。

也许直到那一刻，她才明白，自己一直以来的恨，其实是因为爱。

旧梦依稀，往事迷离。若，人生只如初见，多好。他仍是她堂堂的郡王，她仍做他倾城的佳人，两情相惜，两心相仪。

杏花微雨，恍如隔世。

时光是我们被赐予的最美好亦最残忍的礼物。

你每晚陪我靠在床头一起看甄嬛的那些日子，一去近三年。

就这样，演完一折，翻过一页。

此情可待。

当时惘然。

过往，是回不去的旧时光

所有的结局都已写好
所有的泪水也都已启程
却忽然忘了是怎么样的一个开始
在那个古老的不再回来的夏日

——席慕蓉《青春》

葛然是当年我们学校团委宣传部的干事，瘦削的美人，长发披肩，弱柳扶风。围在她身边的追求者一抓一大把，但她偏偏选了庄晓。

她说，庄晓不抽烟、不喝酒、不打牌、不蹦迪，这世道，油嘴滑舌的男人太多，还是他这样的踏实可靠。

真正生活到一起，葛然才惊觉，踏实可靠是多么枯燥无趣。

她让他陪她看电影，他说不如下载回家看。

她让他陪她逛街，他说不如去图书馆自习。

她让他陪她情人节去吃烛光晚餐，他说不如在家里多做几个菜。

两个人的生活完全不在一个频道，过久了，难免生厌。

葛然说，最让她生气的，是她说分手时，庄晓竟不挽留，只淡淡留下一句，要走的人留不住，要留的人不会走。要知道，多少男人曾为追她，使尽浑身解数死皮赖脸地求。

而她当时并没有真的想分开，但话已至此，也找不到任何继续下去的理由。

因为家世条件都不错，她很快又找了个高富帅，没过多久便步入婚姻殿堂。

儿子刚满一岁那年，高富帅就跟别人同居了。

那时的她已经辞去工作，全心在家带孩子。剪了长发，整天套着围裙的她胖了不少，虽不复当年那般美丽，傲气却丝毫未减。她带着儿子主动提出离婚，坚决不要男方一分钱。

她一个人把儿子拉扯到三岁，个中艰辛唯有自知。事到如今，她才真正明白庄晓的好。

追她时，他跟她约在图书馆见，而他竟然真的是带她进去看书。各种小说，各种诗歌，带她在图书馆整整泡了一天。

他唯一一次给她送花，还是在情人节第二天。她说，情人节都过了还送花干吗。他说，便宜啊，这么多才八块钱，昨天一枝都得十块。

你说他怎么这么书呆子，怎么这么枯燥不解风情啊。

她一直说一直说，直到哽咽得再说不出话。

他真的是百分百好男人，可惜她明白得太晚。

其实，我们并不需要找多有钱多优秀的人，只要遇到一个真正懂你珍惜你的人就够了。问题在于，人们总是误以为后者更容易。

愿得一人心，白首不相离。初见之美，总是经年后才蓦然萦绕心间，而初见之时，我们却总是一笑而过。说了再见便真的再见不到，错过一次便是错过一生。也许到了那个时候，我们才会明白，有些爱，只如初见，止于初见。

那些人，那些事，只需时间微微一个转身，便成了陌路上的风景。

曾看到这样一个问题，《半生缘》中，最让你难过的是什么时候？

瞬间想到很多场景。想来想去，觉得最难过的，不是曼桢被祝鸿才糟蹋，也不是凭她怎么呼喊世钧却发不出声。而是多年后，曼桢与世钧不期而遇时那一句，我们回不去了。

那样透骨的凉。

曼桢一直想，有朝一日见到世钧，要怎样把她的遭遇一一告诉他。可是，真对他说的时候，却是用最平淡的口吻，连痛都那么轻描淡写。因为，已经是那么些年前的事了。

许多年来困惑与痛苦的那些事，现在终于知道了真相。

他们很久很久都没说话。

夜阑更秉烛，相对如梦寐。

世钧说，你现在才告诉我这些，你让我怎么办？你让我好好想想该怎么办。

曼桢说，世钧，我们回不去了。

那一刻我潸然泪下。

还有多少情怀等着表白，还有多少承诺期待兑现，还有多少错过渴望重来。只是，那么长一段泛黄光阴横亘在你我之间，我们，如何才能回得去？兜兜转转，用全身力气换来半生回忆，抵不过宿命注定。我早已不是你清纯可人的未婚妻，你也不再是我的春闺梦里人。出了这个小茶馆，这个故事开始的地方，我们只能礼貌道别，两不相欠。任世间哪一条路，我都再不能与你同行。

半生情缘，一生负累。

看人世消长，时光像流寇，一路打劫着你我。你不知道它会在哪一刻突然将眼前的人和事定格为曾经，再看着我们别无选择地为它贴上怀念的标签。

沧海悠悠，桑田失色。山和水可以两两相忘，日与月亦能毫无瓜葛。那些约好同行的人，风雨相伴，走过年华，最终还是在某个渡口离散。相逢刹那，转身便成永远的陌路。用尽全身力气，只换来半生回忆，我们无能为力。

蝴蝶飞不过沧海，没有谁忍心责怪。

只好一个人走下去。一个人度浮世清欢，一个人看细水长流。

红尘中，浮沉多少个梦。

到底多少个梦，生死与共。

时间走了，谁还在等呢

整个世界成了一个惊人的纪念品汇集，处处提醒着我她是存在过的，而我已失去了她！

——艾米莉·勃朗特《呼啸山庄》

一家网站曾在情人节组织了一个活动，晒出最有爱的情侣照。网友纷纷响应，上传了自己和爱人的合影，一张张笑得甜蜜而温馨。往下翻看，一条网友评论让我的心沉了一下，不知明年此时，会有多少人再来，只为删除自己的照片。

还听朋友说起过一个跟演唱会有关的故事。

十年前，朋友跟他一个哥们儿一起去听任贤齐的演唱会。那哥们儿正在热恋中，同是小齐"铁粉"的女友那天却因参加表哥的婚礼无法同去。朋友的哥们儿为了弥补女友遗憾，在数万人的体育场里拨通了女友的电话，整整三个小时高举着手机为她现场直播，直到手机耗尽最后一格电。

是的，结局也许大家都能猜到，后来那哥们儿跟他女友分手了。直到去年，小齐又来开演唱会，而那时他们已各自有了新的恋人。那场演唱会上，也许他们俩正坐在体育场的某一角，若想起十年前那场手机直播，眼眶也会泛红吧。这一切最终也只能湮没在现场的黑暗中，连身边的那个人都不会察觉。

听这个故事的时候，我想起重映的《泰坦尼克号》。

第一次看这部电影时，我还在初中。那时还是租来的碟，班里几个同学周末到我家花一上午把电影看了。片尾曲响起的时候，一群孩子哭成泪人。

一去十四年。

一边看电影，我一边努力拼凑那些故事的结局。

《泰坦尼克号》之后，赵欣和胡杨瞒着老师正式开始恋爱。没过多久，两人分手。赵欣说，你更像哥们儿。胡杨从此立志要做个很女人的女人。换了几任，她现在正在热恋中。

《泰坦尼克号》之后，薛志成和张韵交往了一段时间。他们还模仿 Jack 和 Rose 在船头飞翔的样子拍了张照片。而后，分手，和好，毕业，再分手。如今，男婚女嫁。

现在，你是否还有勇气走进电影院再看一遍《泰坦尼克号》，敢不敢忆起，十四年间，擦肩的人换了几番，自己又动过几回同生共死的义气。

我们都爱说沧海桑田，可是能有几人，等得起这个漫长的过程。

那时陪你看《泰坦尼克号》的人去了哪里，那些日夜思

念深深爱着的人如今在何方，当年的故事你是否还记得。

情深不寿，一想到这个词就心惊。多少深爱的人逃不了这劫语。

在这出电影构建的时光隧道里，你我各自的身影匆匆地渐行渐远。

风云变幻，曾经纯美的事物，落满尘埃。任凭如何擦拭，也不能再回到最初的色彩。

小时候看童话，总是轻信那句话：从此，王子和公主过上了幸福的生活，直到永远。

你看，多蛊惑人心。

永远。谁来告诉我，那到底是多远。

流年似水，太过匆匆。就像那年仓促刻下"永远一起"那样美丽的谎言。相爱时，时间如梭；爱走了，度日如年。承诺成了让人流泪的笑话。

故事来不及讲完，就被写成昨天，我们还没爱够，就成了过客。已经记不起，当初说爱你的模样，开始忘了，和你相爱的那些点滴。现实太沉重，我们再不敢一意孤行。我们各自过着人生，你有你的港湾，我有我的归宿。

最后的最后，我们变成世上最熟悉的陌生人。

童话的美满终究被现实撕扯得面目全非。

终于明白，所有的相逢和厮守，都抵不过流年。

9

余生，
再也不与你有关

我们曾相爱，想到就心酸

草原尽头我两手空空

悲痛时握不住一颗泪滴

——海子《日记》

从巴黎圣母院出来，我漫步在塞纳河畔。

走到连接卢浮宫和法兰西协会那座艺术桥前，忽然被桥栏杆上那片密密麻麻的同心锁震撼。

风吹雨打，锁已锈迹斑斑，锁上的誓言却依然清晰。我看到不同语言刻下的名字和日期，想着每把锁背后，会有怎样一个故事。

想起了几年前遇到的那个解锁人。

那年夏天，当我终于登上华山最高峰时，看到最险处的铁链上挂满了层层叠叠同心锁，长长的铁链都被压得坠下来，像难以承载这么多沉重的感情。

几对情侣掏出揣了一路的同心锁，庄重地悬挂在华山之巅。我却看到他们身后，一个满脸悲戚的女子正坐在悬崖边的石头上，试图用手中的小钥匙打开铁链上的一把锁。锁眼已经锈死，无论她使多大劲，也怎么都打不开。她无奈地扑在铁链上哭起来。

我走到她身旁坐下。

原来，五年前的冬天，她跟男友在华山锁上了这个刻着誓言的爱的信物。下山时，她双腿酸疼，双脚被磨得红肿不堪，男友小心搀着她一步步挪下来。夜里回到简陋没暖气的旅馆，他将她冰坨般的双脚放在胸口整整搓了一夜。三年后，他们结婚，两年后，他背叛她，离婚。从此，当年这历经艰难挂上的同心锁成了她心中的结。她握着钥匙默默起誓，总有一天，她会再次登上华山，打开那把锁，扔进深谷。没想到的是，历经漫长岁月，锁眼早已锈死，刻着海枯石烂的锁已和铁链融为一体，牢固地挂在华山之巅。

任凭锁再坚固，离别仍是掌握在命运的手心里。

人群中，一对对年轻的恋人紧紧相拥，旁若无人地接吻。我们原本可以就这样走下去，闭着眼睛抱住对方，不松手。

在别人替我拍的照片里，我看见灿烂阳光下自己眼中的伤。

往事栩栩如生，每次忆起都夺人眼泪。我只能看这些年画面倒转，用遗忘的掌纹铭记纠错的缠绵，靠回忆取暖。

我比从前更加爱着黑夜。一个人坐在黑暗中，整夜听老歌，看旧片，喝酒，写字，以前的旧书又翻出来看。

跟着哀怨的歌哼里面的词，对着酒，穿着睡衣走来走去，喝冰凉的水，长长的头发披在胸前。

我要的，只是能有一个人，在我睡着时将我蜷缩的膝盖轻轻扳直，这样我才觉得安全。我害怕自己的身体以扭曲的姿势僵硬。

我想起黑暗中你说的那些话，趴在揉皱的床单上，哭。眼泪不用擦，自己会干涸。没有气味，没有痕迹。

夜静得没有一点声音。对着镜子看自己的脸，苍白枯萎。

我可以把这种状态一直持续到天亮。然后穿衣服赶去上班，若无其事开始一天的工作。

两周里，一共吃掉四十六个冰激凌，喝掉二十一罐酒。我也是个酒鬼，你不知道吧。辣，鲜，甜，如此通透。让人的皮肤和胃温暖，四肢柔软无力，心里再无忧伤，处处都在极致。一口下去，彻骨沉醉。也许放肆地宿醉一场，便可在酒醒后将回忆连根拔起，弃如敝屣。不记得就不记得吧，不能够就不能够吧。

昨晚喝了半瓶红酒，醉得不省人事。

我坐在路边，大风把树刮得好响。揉揉眼，看到个黑衣女子在一旁避雨，她在抽烟，这场景像梦。空旷的高架桥下，城市失去棱角，悲喜再与我无关。

醉了，真好。终于可以不想你，真好。

夜深才回去。雨停了，夜色中有黑漆漆的山峦起伏，月亮竟那么圆。

我不知道，是世界颠倒了众生，还是我变成了倒悬云端的巫师，仰望着大地，和深爱我的你。

我能占卜宿命，预知一切。

我说，你不该这样爱我。

夜那么黑，你穿越大半个城来敲我的门。

雨那么大，你撑着伞立在站台，湿透的裤脚和你一同张望我的来路，执拗得像一旁的电线杆。

天那么冷，你解开大衣把我裹进你怀里。

你不该这样爱我，我说。

我倒悬云端，仰望着大地，和我深爱的你。

当爱情脸上的油彩，被泪水冲刷殆尽。

为什么，你始终不肯告诉我，你是真的不爱。

时光不与秋千老

回忆若能下酒，往事便可作一场宿醉。

——简媜《相忘于江湖》

旧城

我的心是一座城池。

自你离开后，还来不及建城堡，我就让它荒废。

城里埋葬着死去的回忆。

还有斑驳的残垣和一把守城的厚重而锈迹斑斑的门锁。

我把钥匙遗失在谁都找不到的角落。

于是，没有人再能打开这座城。

旧风景

荒城里的风景是我这一生最刻骨铭心的。

我们的梦在这里破碎。

它的残渣散落一地，致命而美丽。

后来，我突然想离开这里，去有海的地方居住。

我总跟我妈说我要去远方。

她无奈地看着我，然后点点头。

盛夏的傍晚，一弯月升上来竟有点冷。

是什么人来了，什么人走了，什么人哭了，什么人疯了。

旧路

流浪在每个城市的时候，我总在想此刻你在哪里。

脑海中却想不起你的样子。

我可以一个人睡机场，我可以一个人背包游荡在陌生的街头，我可以一个人满世界乱跑。

我一个人真的都可以。

可我却去不了你在的远方。

你看多可笑，我去不了。

眼前曾有谁陪我走过的路，一个人走到尽头是不是就能找到你。

我猜想着，头也不回地走下去。

旧花

那年，你送我好多玫瑰。

大朵大朵鲜红妖冶的花朵，将尖利的刺刺入心间。

然后一天天在花瓶中枯萎。

把那些枯掉的花瓣一片片捡起来吊在阳台晾晒，是我那年干得最快乐也最难过的事。

玫瑰的苍老跟爱一样，无可挽回。

从此对玫瑰失去一切奢望。

旧衣裳

在家里，我总是常年霸占你的衣服。

高兴的时候，我穿着它做饭、看书、睡觉，听你说真俊。

难过的时候，我把鼻涕眼泪统统擦在它上面，看它变得又脏又皱。

穿上它，就算只有一个人，都像一场浪漫的约会。

旧曲

你离开后，我的琴就被遗忘在角落。

断了的弦不愿再次苏醒。

属于你的那支曲调也已尘封。

残缺的记忆延续至今。

灰尘暗淡了那年深情的音符。

旧话

夏夜，你温暖的手触摸在我的发丝上。

你轻唤我的名。

那一刻我闭上眼，不愿看见黑暗。

你说这么长的头发会不会很重。

你说对女孩最高的赞美是爱上。

你说你想爱我。

你说你的爱是永世爱。

这些话现在静静躺在日记本里。

我用荧光笔写，天黑了我就翻开看。

它们闪闪发亮，我看的时候就会笑。

旧事

小店。你像孩子一样拉着我跟老板说，这是我女朋友，好看吧。

家里。你买回七种水果给我做沙拉，让我腻在你怀里看连续剧。

车站。寒风刺骨，你解开大衣把我裹入怀中。

餐馆。你把爱吃的鱼尾夹到我碗里，说你不吃这些。

医院。每次补完牙捂着脸站起来，看到你被拦在诊室门外正往里望着我。

海边。你在沙滩写下我的名。然后走到我身边，吻了我。

就是这样平凡琐碎。

曾以为琐碎的日子是诅咒，现在才明白是恩赐。

旧人

夏夜，大排档开得热闹，金黄的扎啤不停冒气泡。一个人要了一扎，举杯时，把对面留给你。

一个人跑到海里游泳，长长地憋一口气，把头埋进又咸又苦的海水中。抬起头，再长长地叹一口气。

以前不明白，为什么忘掉一个人需要七年。

现在才知道，七年是人的细胞全部更新一次的周期。

还好还好，我还有七年的时间来忘记你。

旧梦

清晨站在镜前，看见一根明显的白发。

我却不想拔掉它，甚至不愿遮掩。

梦里花开遍地，而你已跟我过完我们的一生。

这根白发，是我能保留的唯一证据，关于这个梦，关于那些花。

关于你。

旧戏

一出戏落幕散场，台上的"戏子"摘下面具。

卸了妆，拭了泪，她必须彻底遗忘剧情。

像个"疯子"不停奔跑，寻找遗失的东西。

戏剧赢来掌声，"疯子"失去爱情。

我是记性太好的"戏子"，偏偏忘了怎么演戏。

旧伤疤

你持刀而来，我指给你心的位置。

你在我心脏重重插了一刀。

你要记得我。

我是走钢索的技人。

我是刀尖上的舞者。

我看着伤口血流成河，竟没有流泪。

是经我允许，你才有伤害我的能力。

旧时光

我平静喝酒，突然疯狂地想念你。

我翻出你送的围巾，我认错相似的背影。

我不见了，有个人会发疯一样满世界找我。

如今我知道再不会有。

我多感谢时光，让我懂得什么叫绝望。

我想像孩子一样得到你一世宠爱。

如果真的有第八号当铺，我愿用生命去换回最初的心。

我多天真。

我们越来越像路人，用尊敬的语气互相问候着。

离散、忘记、腐烂、死亡，我都不怕。我最怕突如其来的陌生。

我看不清所有人的脸，也不想再记住谁。

你的永世，不过弹指一挥间。我赶不上时间的脚步。

我终于相信你的消失。

没有人会一直陪我守在最初的地方。

难过的是我们从无话不说变得无话可说，时间短得我写不完一个字。

我若离去，后会无期

我抚摸着我胸骨上的一块刺痛，那就是她披着秀发的头曾有一两次靠在我的心房的地方。

——纳博科夫《洛丽塔》

得知田李怀孕的消息后，我们约在新光天地见面。看着她身上的大摆裙，听着她幸福的口吻，我想到的，却是八年前跟她去苏州的那趟旅行。

那时田李刚失恋。在苏州的宾馆里，她每天睡觉前都会打开计算机，看他的微博。晚上她会挤到我床上，跟我说她的故事，残忍地伤害，心碎地和好，艰难地挣扎。那些细节，一段一段，美好的，疼痛的，她的泪就那样一滴一滴落在枕头上。

整整五天，我们在江苏，拿张地图到处跑。她说，以后要戒掉回忆，学会坚强。

可是刚坐上回北京的火车，她就开始想念他。

走得再远，也躲不过爱的劫。

王菲在唱，"你的衣裳今天我在穿，未留住你，却仍然温暖"。她还唱，"有时候，我会相信一切有尽头，可是我，宁愿选择留恋不放手，等到风景都看透，也许你会陪我看细水长流"。一句一句，都让人黯然。

年少时，只怕我们都是用整个生命去爱那一个人。然而，命运频频插手，给出无法预知的安排。直到后来，我们都走得太累，那些对爱所有的发愿便都化为冷硬的武装，将我们软弱的心层层包裹。

就让我在心中刻下初见你的模样。今后各自曲折，各自悲哀。

那个寒冬的晚上，电影开始前，我们在影院门前给彼此送了手套。整部电影，看得心暖暖的。当物是人非时，我们分别在不同的地方同时看了一部电影。

或许相隔大半个城市，或许只隔了一张茶几。但是，没有妨碍我们一起看。

我们的电影，演完最后一幕，就此作别。此后，我不认识你，你也不会记得我。那些曾经美好的镜头，是用回忆剪辑时必须删除的片段。我们，不曾在星空下牵手，不曾在大雨里拥抱，不曾在夏日的树荫中亲吻着舍不得分别。

电影开场，爱情散场。

后来，我再没去过那个电影院。偶尔路过，心便隐隐作痛，好像有只手将已经深埋的记忆生生勾了出来，将心缠绕，越绕越紧，越绕越疼。熟悉的街道，无论往哪个方向转身，都会散落一地仓皇。爱过的人，走着走着就成陌路，幸福原来只是路过。

也许，上天只是想安排一段相遇，让两个人抱着万劫不复的决心去完成一场爱恋。结局早已注定，他们也全知晓，却不甘于命运的摆弄。于是历经一次次相遇，相爱，离开。

我们告别的仪式，没有挥手，没有拥抱，连寒暄都没有。伫立，低头，黯然，转身。我们回到各自的世界，冷暖自知。你狂热的温柔是我最初的记忆和最后的纪念。就像卡夫卡在《城堡》里说的，奴隶总是受制于自由的人。当决定把心放在他人手里，又如何讨价还价。

生活如褪色书签，静静停在你离去的那天。我目不转睛盯着它们，就好像你一直在我身边，拉着我的手，满大街晃悠。累了，我在你怀中小憩；渴了，任性地要你给我冰激凌给我西瓜。

如果我会谱曲，我就把你写进我的歌里。如果我会画画，我就给画中人都安上你的眉目。这样多好，对你的爱就能光明正大，又不露声色。曾以为长久记忆是很难的事。现在才知道，忘记更难。于是，我把你的影子藏在心里，等到老去那一天，影子被风干，就拿出来，下酒。

一滴泪坠下，打碎时光，散落一地美好。

哪怕一路孤独，仍有这微弱的光，闪耀心间。

总是梦到这样一个场景。我守着一座华美的城堡，阳光暗淡，沙尘遍布，城墙上落满了灰。我拿着一把宝剑，抚摸剑柄，忍着眼中的泪。

梦里不晓得为什么有泪，醒来后才明白悲伤在哪儿。那城堡是空的。明明是空的。就是空的。

我突然想起，你曾指着心脏对我说，在这里建座城，独许你一世安生。

顾城说，我把你的誓言，把爱，刻在蜡烛上。看它怎样被泪水淹没，被心火烧完。看那最后一念，怎样灭绝，怎样被风吹散。

我不停地哭了又笑。路人别再看我，不是疯了，只是心好疼。

悲伤逆流成河，流淌在我每一滴血液中。深入骨髓，痛不能言。

就像去看蛀牙。麻醉时，想起李碧华说，有些感情是指甲，剪掉了能重生，无关痛痒。而有些是牙齿，失去后永远留个疼痛的伤口，无法愈合。

医生艰难地拔掉我的牙。血肉模糊，决然割舍。我默默对它说，你走吧。我不要你了。

它走了。留给我一道缝着线的伤痕，痛了很久。

好久不见的水果摊大叔跟我寒暄，你男朋友呢，你们结婚了吗？

已经有一年没有来这里了吧。风刮出响声，像空洞的心跳。

愿得一人心，白首不相离。直到看到这句话，红了眼眶。

我说，我管不住我的心。

然后听你说一句，我都懂。

足矣。

我们不会再有关联的余生

阴沉的天空在犹豫
是雪花，还是雨滴
浑浊的河流在疾走
是追求，还是逃避
远处的情侣在分手
是序幕，还是结局

——顾城《初春》

在一个艺术家专栏中，这样一个故事吸引了我。

那时，她是歌舞团一个小有名气的演员，国色天香。他是个爱好摄影的男子，潦倒落魄。她总能收到很多人的情书，而他，是写得最好的那一个。

每天，他都骑一辆老旧的自行车去找她。一腿撑地，一腿搭在脚踏上，举起一台破相机，对着她。

她就这样心动了。没去坐有钱男人的汽车，轻轻跳上他的单车。他带她到那条开满桂花的小路，她开心地笑着跳着，他为她拍下最美的瞬间。

他说，跟我在一起吧，一辈子，我们不分开。

她说，好，一辈子不分开。

后来，他考上电影学院摄影专业。高昂的学费和器材费对他来说无异于天文数字，她将当时挣的钱全给了他，还是不够。她想办法借了钱，然后接更多的活儿，拼命跳舞还债。一米六五的身高，到最后只剩八十多斤。

她盼着他能早日学成，与她结婚生子，哪怕住最简陋的房子。当初他那样疯狂地想得到她，如今，却是她这样热切地渴盼与他在一起。

然而，毕业那年，他却说分手。他的名气越来越大，许多更年轻漂亮的女人围绕在他身边。而她，不过是年龄越来越大的舞蹈演员，越来越跳不动了。

她哭，她求，他没有回头。

她还背着债，她不愿欠人家东西。于是，一个有钱人求婚之后，她嫁了。

功成名就后，媒体上有关他的各种消息满天飞。她看到他的名字，仍然心疼。孤单时，她喝酒，抽烟，慢慢成瘾，形销骨立。很偶然的一次，黄昏的街角，她抽着烟，被一个摄影师无意拍下。

后来，她离婚，自己开了家花店。完全不复当年容貌，一袭长发已变成短发，病后吃的激素药也让她慢慢发胖。

那个摄影师将照片发表后，被同在摄影圈内的他看到。黄昏中那个女子，抽着烟，眼神空洞而哀伤，长发在风中凌乱飘起。他忽然觉得，自己所有的女子抵不过这一个女子的风情。他决定回去找她。

在曾经的路口，他们相遇。一个是知名摄影师，一个是发福的中年妇女，肩上挎着的袋子里装满刚买的菜。

　　他们愣在原地。陈年的感觉发黄、变质，泛出阵阵迂腐的味道。他们仓皇而逃。他匆匆躲避，她不知何时流了泪。

　　她恨过他，现在不了。既然爱过，付出的一切，还不是为了青春那一段光阴与爱情。能真心爱一场，已经足够。

　　他亦不再幻想重拾旧爱。风景一路变换，过去的终究过去了。

　　于是将回忆锁进心里那个橱窗。一个人的时候，拿出来向自己展览。

　　遥想前尘往事，从前种种已如烟花般散去。誓约，承诺，终成一纸空言。

一生中有太多际遇，无论哪条路，在必然的聚散离合中，总有人离你而去。缘深缘浅，飘忽不定，昔日深刻的相逢，最终抵不过一个擦肩的路人。

那时看《情人》，车厢里，他的手慢慢地，终于握住她的手，还以为握住了爱。终究化作云烟，变为桑田。

嘈杂纷乱的街道，他带她走进那间昏暗的屋子。伤痛源于身体的痴缠，灵魂却遥遥相对。

他说，你知道吗？你日后会怀念这个下午。即使你已忘记我的长相，我的名字。

她以为自己会忘记，漆黑的房间，将死的盆栽，满载情欲的床。

终是，忘不掉，牢牢扎根心中。只属于她一人的回忆，内心深处，无法拔除。

宿命的阴影笼罩一生。

他走向新娘的花轿，目光却一直望着船上的她。她离得这样近，伸手似乎就能触到，又那样远，只隔了一条河，却注定无法到达彼岸。

船缓缓驶离，她在甲板上无声哭泣，忽然看到他，他亦在岸边看着她。船离岸越来越远，离他越来越远，远得这辈子都不能再见。两人对望，然后，永别。

曾以为，他们之间只是欲望，只是金钱，唯独没有爱。直到最后，她听到那音乐，她突然发现，我也惊觉，她原是这样深地爱着岸边那个男人。爱到癫狂，却隐忍。

那段岁月，光阴里满满的悲哀与执念。往事这样清晰，爱过的男人，他的气息和皮肤的触觉，还在她的心底。

我来过，我爱过。足矣。

一个人端着酒，听老歌看老书；一个人背着包，在望不到头的水泥路上疾行；一个人揣着漂流瓶，来到海边。

一个人，便是我的最初和最后。

又一个冬天。每阵刺骨的寒风都将我拉回那一夜。灰色的月光倾泻一地凄凉，长长的路铺满匆匆而逝的过往。冻结的空气，肆虐的风，冰封的心，空的城，是我关于冬天所有的记忆。我无法忍受你的疏离，我噤若寒蝉，我的任性、我的固执、我的不懂妥协，在你面前终成忐忑。凌晨四点，我走在黎明与黑暗的边缘，看远山上星光闪闪。夜那么深，世界都熄了灯。天亮以后忘记，昨夜重逢有多冷。

看着镜子里那个人，突然想到，未来的两万天里，你与我，再不会有交集。经年的记忆在时光流转中沉沦。想到曾经，一个一个地在脑海中回放。第一次做的鱼，是不是很好吃？为你热的牛奶，有没有想起里面的炭烧味道？你捉只蝴蝶放我掌心，还记不记得？

多少美好画面，我都敢念念不忘。深夜缅怀从前，白天对你微笑，拼命隐忍，日日夜夜。可是，我记得有什么用呢？你说我记得有什么用呢？你怎么会知道，我一整个春夏秋冬都在听《一生何求》。因为，它唱出了你和我，不会再有关联的余生。

我站在灼烫的沙滩上，望着终于掉落海里的漂流瓶，越漂越远。我听到它呼喊救命，我终究也没能做什么。阳光毒烈，海浪翻涌。

一生何求，迷惘里永远看不透。没料到我所失的，竟已是我的所有。

10

时光有你，岁月不老

来年依旧迎花开

若深情不能对等，愿爱得更多的人是我。

——奥登《爱得更多》

暗夜的孤寂在绵密的星空中疯狂呼吸，沉闷，粗重。

你的声音忽然传来，奋力撕开这厚重的黑色帘幕。风瞬间涌进来，世界霎时一野碧绿。迎着刺眼的阳光，我蜷在水边，痴痴望着江中小岛上那浓密的芦苇在涟漪阵阵的河流中荡漾闪耀。

看不到你的模样，我不停寻找。

一只木船匆匆漂过，我焦急奔跑，终于赶上。船漂浮在与芦苇相距咫尺之处，越来越近。伸手采撷芦苇的刹那，我颓然堕入水中，被沉闷粗重的呼吸声骤然淹没。

这个场景总是丝毫不改地出现在我的梦境里。一样的开始，一样的结局。

唯一不一样的，是一次次惊醒后，我必须面对林林总总，刻骨铭心的现实。

我的家乡有一条柳江，宽宽的江水缓缓而流。薄薄的水雾笼罩着江两岸的城，朦胧，缥缈。风，吹奏着群山，不远处能看到山的轮廓，还有山顶上耸立的双塔。

江中心有个小岛，那里的天很蓝，云很白，草很绿。浅水嬉戏的鸭子，低空飞翔的小鸟，跃出水面的鱼儿，就像水墨画嵌于盈盈水间，浸透清幽。

小岛上长满了芦苇。在山与山相对，水和水相连的光阴里，风一吹，叶便绿了，一点都不拘束。

喜欢看芦苇自顾自生长的模样，极有生命力地碧绿着，那样肆无忌惮。

蒹葭苍苍，白露为霜。所谓伊人，在水一方。

古人云，古之写相思，未有过之《蒹葭》者。诗中的男子，痴守对伊人的思念，逆流而上又顺流而下，只为在途中能够看她一眼，便别无他求。就是这样的心清目明，让一切尘埃都不及。

一首《蒹葭》，吟唱了数千年，给芦苇平添了几多情思，几多怅惘。于是，芦苇怀着在水一方的柔情，载着只为伊人的爱恋，在那个小岛上生长。

那一年深秋，我们渡江来到岛上。你穿越泥沼，只为给我采一束芦苇。我看着划破你掌心的芦苇染着血在我指间摇曳，终于相信，它是离爱情最近的草。

看见的，熄灭了。消失的，记住了。

就这样结束。纵有那么疯那么热烈的曾经，你我仍是要奔向各自的遗憾中老去。疼痛而凄恻，决绝而凛冽。

今夜，我又来到这个岛。溯流而上，烟云收敛，凄凄水一方，一叶野舟横渡。白日里飘飞的尘埃，此时已散尽。浮世清波里，再寻不着往事的背影。

月色凄惨地泛着白，垂柳拂过水面的声音像谁在轻轻抽泣。我采一根芦苇坐在岸边，寒风瑟瑟裹着我，一层层剥掉我心里仅有的暖。身下一片冰凉，水和我一样，冰冷至极。

多少地老天荒的诺言，随风飘散。多少情深如许的恋人，终成陌路。那些年，那些事，早已定格。

遂合眼，忘却眉眼深处那抹浮光掠影。离了你，忘了心惊。

昔日的梦，又穿透悲伤的时光缓缓前来。与你泛舟江上渐行渐远，岁月终将你我涤荡成彼此的沧海水巫山云。

心痛无比清晰，想转醒却无力。黑色帘幕被鲜红打破。

为什么你要让那束芦苇扎根在我的胸膛？我的心跳温暖它，我的鲜血灌溉它，我看着它肆意疯长，痛入骨髓，耗尽我最后一滴血。

直到今天，那份疼和空，仍在我心上一直割，割个不停，刻下深深一道痕，无法平复无法愈合。时光过去这么久，它仍在淌血，撕心。

红尘幽深，堕入不归。所谓在劫难逃，不过如此。

有些爱，逃不过天网恢恢。有些恨，挫骨扬灰不后悔。

有你的故事，怎样的结局，都好。

此去经年，念念不忘

我想你，我唯一想念的就是你。你来之前，我只能轻抚着那些苍白的孤独。除了你，任何人都不能进入我的世界。我记忆中你的每个姿势都随着时间远逝。你在哪？我如今只能和角落里的幽灵共处。

——布勒东《疯狂的爱》

每次去 KTV，林睿都会唱那首歌。

"想念是会呼吸的痛，它流在血液中来回滚动。"唱着唱着，歌声就开始哽咽。

七年前，她来北京与男友做了断的情景还历历在目。瘦小单薄的女孩，眼神那样绝望刺目。

那是林睿的初恋，男友比她大十一岁。她一毕业，他就向她求婚。当时她已被保送到上海一所大学读研，家人不赞成，认为她应专心学业。

考虑了很久，最终林睿拒绝了男友。接着，拖着行李箱离开他家，结束了这段四年的恋情。

然后，她度过了煎熬的一年。

再然后，他找了个新女友，准备结婚。

林睿听到这个消息就疯了，立刻订了张机票来北京找他。

敲开门，林睿看到已经住在一起的他们。她对他现任女友说，我想跟他单独聊聊。

两个人站在路边，现任就站在窗边，透过玻璃窗看着他们。他们聊了三个小时，两人拉着手跪倒在地上哭得昏天暗地。现任仍站在窗后看，始终没下楼。

结局不难猜到，他娶了现任，后来有了个儿子。

至今，那么多年过去了，林睿还是不能听别人提起他，一听到眼圈就红。

她说，在北京那短短半个月，我把电视剧里狗血的剧情都演遍了，追着他坐的出租车跑，追着他们的火车跑，可惜还是没追上啊。

四年，他们之间有太多故事。她熬夜备考，他事业遇挫，两人相依相伴走过那段最难的日子。得知被录取那天，他带她去欢乐谷。连着几次海盗船坐下来，她叫着跳着跑到他面前在原地不停蹦啊蹦，他笑着看，一把将她搂入怀里。

那样美好，任谁也无法再取代。

这些年，再有人靠近她，他就会突然在她心里出现，魔咒一般。他所有的好，令所有人黯然失色。

她再找不回那样的感觉，再没有力气去爱。故事只剩皮囊，还紧抓不放，连痛也要逞强。

我不知道她心里是怎样的荒芜。由衷想起容若那句，轻风吹到胆瓶梅，心字已成灰。明知岁月会带走一切，还是要等到物是人非才开始怀念，流离失所才想要珍惜。

萨罗希写过一首诗，叫作《一千零一面镜子》。

我越是逃离，却越是靠近你；我越是背过脸，却越是看见你。

我是一座孤岛处在相思之水中，四面八方隔绝我通向你。

一千零一面镜子，转映着你的容颜。

我从你开始，我在你结束。

心凉如铁，终归是怨。

其实每个人都一样，忘不了来时路，却再无法原路返回。

于是在昔日一往情深的时光里，生生将光年等成荒年。

仍记得，那让我疯狂沉湎的你的花园，最终关上了雕花那扇门。那些花儿，从此成了我奢侈的回忆。只是，回望时，我多想穿过层层的花影，看到你悄悄在门后目送我远离。即便你转身那个瞬间，我仍期许，你能不能，抱着我，再哭一次。

世间种种，为何总是驱使我不断流离。流浪就流浪吧，既然，你的花园只留给你爱的人。独自走过人世的喧哗与荒凉，脚步带着一身伤，连微尘都无法承受。

这样狼狈不堪。而咬紧牙关时，嘴角仍挂着倔强的笑意。你怎么会知道，我从没有离开。

紧闭双眼，想要将深植于脑海的那些片段连根拔起，却无法逃离有你的梦魇。纵使不眠不休，仍不绝如缕。

不是不知道，去往与你相反的方向，我就能安全苟活。

但那亦是背离心的方向，灵魂会被吞噬，只剩空壳。

只好任你在心中盘踞。断了后路，蹈死不顾。

而你早已转过身去。

是了，你说，一切有定数，你要信命。

你强加于我的命运。

还有那带冷意的关怀，带悲悯的疏远。

你若再问，我还是会说一切都好。

如果你在，就好了

烫痛过的孩子仍然爱火。

——王尔德

行装理了，箱子扣了，要走了要走了要走了。

明天要飞去，飞去没有你的地方。

钥匙在你紧锁的心里，左手的机票右手的护照是个不想去解开的谜。

只要你说出一个未来，我会是你的。

这一切都可以放弃。

我边听歌边收拾行李。

不知三毛写下这些歌词时，心里该是怎样的凄惶。她说，我没有办法，我被感情逼出国了。

她去了远方。去颠簸，去流离，去浪迹，去义无反顾。身后已没有退路，她只能离开，自我救赎，舐血疗伤。

怕被泪水淹没。我突然决定像她那样消失，仓皇潜逃。

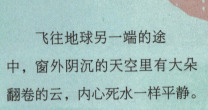

　　飞往地球另一端的途
中，窗外阴沉的天空里有大朵
翻卷的云，内心死水一样平静。

　　这是个没有你的地方。

　　我开始相信命运的遭遇，一次次
相遇，和分离。

　　漫长的十小时过去，飞机降落在法
兰克福，歌德的城池。故居玻璃门上是他的剪影，屋里有竖
弦钢琴，丰富的书画，天文钟依然在走动。

　　几天后，海德堡一个小屋里，我拉开窗帘，已到中午。
强烈的光瞬间汹涌而来，眼睛被日光刺痛，流出泪来。

　　教堂的尖顶耸入云端，桥下的小船穿过涟漪，曲折幽静
的小巷连着城堡和内卡河。失恋的歌德在这里低吟，我把心
遗失在海德堡。

登上古堡俯瞰一片中世纪风情，处处断壁残垣。那布满浮雕的爱神之门，是国王为心爱的女人一夜建成的。我总对这样的建筑心存偏爱，那种爱的渴切，非她不可。

晚上到了慕尼黑，趁夜出街买酒，沾了一身雨。深秋冷冷的夜里，举杯，为你饮尽。

遗憾是什么。是一直被紧握在手心的，反而细细碎碎从指间滑落了。

宿命像一张网，到处是挣不开的丝蔓。

踏上开往罗马的火车，窗外是大片绿色的农庄和幽静的乡间小木屋，有牛在田园吃草。斜对面的女孩枕在男友的手心上睡着了，脸上洋溢安静的微笑。我强忍睡意，提醒自己千万不要把头靠到身旁陌生男人的肩上。

一下火车，眼泪"哗"地冲出来，没有预兆。文艺复兴，巴洛克，小提琴之源，巴乔。心中圣地是蛊惑，魂牵梦萦摄人心魄。

站在古罗马斗兽场里，似乎仍能听到两千年前疯狂观众地动山摇的呐喊。漫步街头，不规则的面包石在脚下层层叠叠，幽深小巷里藏着古老的咖啡馆，街角橱窗里尖下巴的面具露出金属质感的微笑。雕塑、壁画、远古、神话，时空交错，恍如隔世。

买个冰激凌，坐在《罗马假日》那个台阶上看来来往往的行人，背对许愿池许愿。意大利人说，必须有一个愿望是今生重返罗马，这样就代表你的愿望都能实现，你会回来还愿。

池边满是为爱而来的痴情人。清澈的池水中，各种硬币在阳光下闪闪发光。

我的爱，融在池中那枚硬币里。

坐上拥挤的地铁在黑暗中疾驰。我靠着车窗，假装那是你肩膀。玻璃窗上，映着一张苍白颓败的脸。

来到世上最小的国家——梵蒂冈，看世上最大的圣彼得教堂。竟有幸见到教皇，一位格外和蔼的老人。

我把手虔诚地按在天堂之门的封印上。低下头那一瞬，我默念你的名字，又想起《圣经》里的句子，你必忘记现在的苦楚，就算想起也如流过去的水。

心跟着就静了。

傍晚，我走进一家比萨店，点了意面和提拉米苏。一个人坐在靠窗的座位，看到暮色弥漫的巷口，有个男子经过水洼地，将怀中女子拎起来，又放回地面时，飞快吻了一下她的额头。我再次为爱情的奢侈轻轻微笑。

左手忽然有异样的温度，那是挥之不去的记忆。曾经，你为我买个冰激凌就能那样开心雀跃。挽着你，还以为能这样一直走到一起变老，却不知现实在时间的另一端，狞笑着把所有誓言撕得面目全非。

结账时，年轻的男孩看着我将硕大的登山包甩到背上，露出惊异的表情。

从什么时候，我开始习惯一个人背着包，自己给自己付账的生活。咬着牙走了很长的路，独立得快感觉不到自己的脆弱。

像蒙着眼的骡子一样，一直走一直走，就能到永远，该多好。

如今我遭遇艰辛，所以允许自己，想念你。

登上圣母院钟楼遥想孤独的敲钟人和他爱的吉卜赛姑娘，进卢浮宫找寻世上最神秘的微笑，看凯旋门内终年不熄的火焰。顺着指路牌找了一路，来到勒玛莱老区孚日广场六号楼——雨果故居。广场四周围着蓝顶红砖的 18 世纪风格建筑，走廊上有卖艺的人。一个妈妈带着两个小孩，站在门前给他们讲雨果的故事。

美酒，咖啡，如画景致，一切都这样美好，悲伤却从体内汩汩流出。痛得快失血而亡，却遍寻不着身上那个伤口。

我坐在最繁华街区中最阴暗的角落，静静看路上车来人往，眼泪模糊了香榭丽舍炫目的夜景。

寂寞的巴黎，总让我无端想起波德莱尔的《恶之花》，如花笑靥下埋着腐骨。

日本八个城市的月台上，每次火车进站，强大的气流都会吹起我的衣角和头发，像是要将我整个席卷而去，空留下凄厉的轰鸣。

在箱根，我第二次看到活火山。第一次是印尼，随时可能喷发的火山顶在冒烟，坐吉普车沿岩浆流过的崎岖山路颠簸前行，我看到火山喷发留下的房屋和动物残骸。这一次，我走近火山口，看岩缝中喷出蒸汽，将泉水烧得滚烫，云雾缭绕，弥漫一股浓浓的硫黄味。突然想，若此刻火山爆发，你会不会知道，我曾在怎样绝望的世界，绝望地想你。

耳边那首歌不停在循环。

忘掉我跟你的恩怨，樱花开了几转，谁能凭爱意要富士

山私有。

穿越季节，来到马来西亚沙巴岛，像重新回到我爱的炎夏。物事人俱非，有岁月荏苒之感，仿佛不用花什么力气就能熬过这辈子。人们都忙着寻找阴凉，无暇顾虑更多。于是，任世事纷繁，解决起来都如快刀斩乱麻，或者干脆彼此装糊涂，相敬如宾过日子。

宁静的夜，能感觉到群山的鼻息。秘境里，我一路过丛林，踏溪涧，看吃虫的猪笼草，还有幸见到世上最大的霸王花。花期九天，一见倾心。

热带大雨中的巴厘岛，我在海里浮潜。看原始森林，火把舞，海神庙，情人崖和漫山遍野的鸡蛋花。

我该怎么做，才能让你看到我看到的一切。

突然怀念起那个男人，他说：

我只有去旅行，驱散头脑中凝聚的魔力。

我热爱的大海仿佛能洗清我浑身的污垢——在海上，我看见欣慰的十字架冉冉升起。

我是被天上的彩虹罚下地狱，幸福曾是我的灾难，我的忏悔和我的蛆虫。

《地狱一季》中，阿尔蒂尔·兰波守在爱人身边念足一百遍，彻底疯了。要么一切，要么全无。爱或不爱，都如此决绝。

新加坡圣淘沙岛，无限接近赤道的地方。深蓝的海让我想起你的脉搏，那样缓慢温暖的节奏。我不停地写，字字崩溃。在沙滩上用手挖出一个深洞，将给你的最后一封信放在瓶中，埋进去，记下指南针显示的经纬度。只好这样，亲手把爱埋葬成回忆，有些人有些事就封存起来吧，一生再不碰触。让这片沙尽情吞噬昔日与你相濡的点滴，便可依你所愿。自此，相忘于江湖。

海鸥叫着飞过，我看着指间漏掉的沙，纷纷扬扬，纷纷扬扬。

竟不能忘。

记忆太过鲜明，你的脸，连同那天的月光、树影和蝉鸣。

怀念无话不说，怀念绝对炽热，怀念争吵以后还是想要爱你的冲动。

我怀念的不是你，是你给的致命曾经。海风哽咽，海浪去了又回，一遍遍冲刷沙滩上那三个字。谁要走我的心，谁记得，谁忘了。

这天下之大，竟没有一个没有你的地方。

海滩上的长椅无人陪伴，我大口咬着冰激凌。

吴哥窟，第三层西侧天梯对面，我找到那个树洞，学着周慕云的样子埋进一个秘密。

那些忘不掉的曾经，那些美好那些痛，从此，便只有你我知晓了。

爱这么短，遗忘那么长

我不再爱她，这是确定的
但也许我爱她
爱情太短，而遗忘太长

——聂鲁达《二十首情诗与绝望的歌》

一直单着的室友苏辉终于动了凡心，找了个男友。

她说，他什么都好，对我好，会疼人，幽默，学识还渊博。

而他愈是好，问题就愈严重。因他所有的好，都与前女友有关。

苏辉说，她看过他与前女友恋爱以前的照片，跟现在的他判若两人。显然，就改造他这件事而言，前女友有莫大功劳。他展现示人的，实际是前女友的气息和特质。再加上他们相处时间不短，感情也深，家里都还保留着前女友的痕迹，始终念念不忘。若非前女友执意出国，两人也不会分开。

苏辉扪心自问，我这样资浅的人，如何与那样完美的影子抗衡？

就这样被困着，无法真正开始新的生活。

澳大利亚有个男人，始终无法忘掉前妻。为此，他想出种种方法。他先拍卖与前妻共同生活期间的一切物品，包括两人共同的朋友圈。然后，他又列了一份清单，要在一百周里完成一百件事，以此作为新生活的开始。

后来，这个故事还被电影公司买下，拍成电影。

两个人的生命重叠后的影响该有多强大，需要用一百个星期的磨砺来消除。

情缘缚身，终一生时光纠缠，耗尽心力，却依然挣脱不了宿命的网。回忆像照片，永远定格在从前，于是忆起《半生缘》里的句子，"日子过得真快，尤其对于中年以后的人，十年八年都好像是指顾间的事。可是对于年轻人，三年五载就可以是一生一世"。

世钧和曼桢从认识到分手，短短几年，仿佛把一生所有的哀乐都经历遍了。之后的十余年，只能用来追忆。

流年暗换，一叹惘然。多少回雾里看花终隔一层，多少次兰亭相望皆付萧瑟。生命中，有些人来了，一言不发便转身离去。有些人却偏要耗干你最后一滴血，让你痛入骨髓。爱得这样偏执，以为愈疼痛，便愈难舍。最后发现，最痛最难舍的，是你以为自己忘了，却在撕开结痂的伤疤时泪水翻涌。不

疼不痒，却不能相忘。

晚上回来和苏辉聊天。说着周围的人都在变，就我们愣在原地不知所措，是该适应，还是抛弃他们。

还有她男友。时间过得真是快，想想他们在一起都半年了。我一次次听她诉苦，陪她难过，安慰她，又一次次听她像今天这样对我说，他对我再好有什么用，我该怎么办？

我还是会安慰她，说她压力太大了，总爱胡思乱想。或者安慰不了的时候只能说，如果你能放下，就不要在一起了，可是至少到现在为止，你都放不下。

今天一个老同学不知怎么摔的，好像摔出了轻微脑震荡。老班长在群里跟我们说，他刚醒来那一个小时是处于失忆状态的。

可听到他失忆，我们竟都羡慕。苏辉说，我也想失忆，只记得你。那样多好，又能重新开始生活。就像喝下孟婆汤，连同爱恨悲喜一起遗忘。

我对苏辉说，我梦到我的前世。他明明与我相约一同避开手持灵汤的神婆，共赴下一场轮回，而终究失了诺言。我看着他无动于衷，一口将苦汤饮尽，去赴别人的约，脸上笑意依旧从容。彼岸花开，我只能回到那座青砖古桥，静静守候。他却已远走。爱，如此寂寥，至苦，仍苦不过他种下的蛊。

擦肩而过，即是命运。命运若是赌局，胜负早在奈何桥那一夜便见分晓。彼岸，他此刻的所在，与我隔着时间海。

梦醒，回首，忘川已被苍茫风烟湮没。

苏辉说，你还是忘了吧。

忘，怎么忘。再让我一千次挑选，仍甘愿牺牲忘情的道行。

原来我们不是顾念所见的，乃是顾念所不见的；因为所见的是暂时的，所不见的是永远。

读《圣经》时，视线停留在这一句。回忆都变成魂灵，牵扯着我。我在怀念，你不再怀念的。我越来越不知所措，我看见镜中那张苍白的脸。

想想很久没写日记了，以后要是忘了这些事怎么办。过往的时光都死了，如今只能打捞些岁月的碎片残骸，祭奠曾经的美好。所以还是记下来。

那感觉也能一起记下来吗？

会不会等到某一天，我翻开日记，会想不起来那个用暗号表示的人名？

喝下去的一大瓶酒，忽然从我的眼眶里一滴一滴地，落下来了。

11

最好的放下，
就是放过自己

很多关系走到最后，不过是相识一场

我曾经那样真诚
那样温柔地爱过你
但愿上帝保佑你
另一个人也会像我一样爱你

——普希金《我曾经爱过你》

爱绽放在你我之间，有开有谢，有茂盛有枯萎。

我们活在世上，都要努力朝着内心指引的那个方向前进。没有对错，只有快不快乐。

所以，你愿意的话，无论何种方式，我都让你飞往想去的方向。

我不是绳索，我是风。

曾在一家杂志社工作。那天下班，看邻桌吴静一边不停写字，一边抽泣。

给她递了包纸巾，她拉着我的手哭得更惨。

原来，刚离婚的她正在给前夫写信。

逸轩：

刚写下你的名字，连自己都吓了一跳。印象中太久没叫过你名字，有点紧张。就像你看到的，是的，我搬出去了。你别着急，先坐下来看完这封信。

逸轩啊，我们离婚有些日子了，再继续住一起不大方便。一看到你，心总静不下来。我想尽办法让自己别再纠结，恢复原来的状态，都做不到。

曾说过你是怪人，其实，最怪的人是我。很多事我都无法协调好，不懂得经营爱情。就像我嘴上常说你不是，心里仍那样爱你。

还记得有一次去看电影吗？就是我迟到了十五分钟那次。当时我在过马路，远远看到你站在电影院门口，手插在兜里，双脚冷得不停地跺。一想到这个人正在等我呢，不知为什么就觉得幸福，就想那样一直偷偷看着你。

你拉着我走路我偷偷看过你，看电影看书我偷偷看过你，你抽烟我也偷偷看过你。其实，我比你想象中更依赖你。我从未用你对我那样的耐心去包容你，而你却总在我生气时把我搂到你膝上靠着。

谢谢你熬的汤，谢谢你暖的床，谢谢你充满爱怜轻抚我的脸。能凝视你，或者偷偷看着你，是我莫大的幸福。

逸轩，谢谢你。

再见了。会再见的。

吴静哭着把刚写完的满满一页纸撕碎。然后随手拿过一张广告单，在背面用她一贯大大咧咧的语气，漫不经心地写了一句话：冰箱有鱼，热了再吃。前妻留。

旧时光扑面而来，心中满满的全是温暖。谢谢你曾炽烈地爱着我，而我也曾那样真心地报你以爱。

生命是一趟孤独的旅途。坐在对面的人，是偶然邂逅的旅伴。花好月圆，我们各自走过漫漫长路，相互邀约，喝一杯酒，识一个人。我们交换彼此的记忆、历史、信任以及各自生命中重要而深藏的部分。

无论多亲密，都只是一个旅伴，你有属于自己的旅程。若中途要下车，我怎能不允？

旅途还要继续，多少人在我们必经的路口来了又走。经年以后，也许才会明白，所有不堪的

过往，早已与爱一起，融入回忆，融入生命。我们都是对方青春的见证者，我们参与过彼此的人生。岁月终会让彼此老去，所有过往在某一天都要归零。所谓的曾经，全是幸福。那是一个人真正的所有，它让我变得富足。告别之后，记住爱，以及爱过的时光。

路过繁华的步行街，大屏幕在播《泰坦尼克号》。

Jack 对 Rose 说，你要活下去，永远也不放弃。不管发生什么，不管多么绝望无助。现在就答应我。不要忘了这个承诺。你会生很多孩子，看着他们长大。你会安享晚年，安息在温暖的床上。

她俯下身吻他。他缓缓沉了下去。

突然明白了当年无法理解的情绪。

第一次看这部片，我对朋友说，如果是我，付出了生命让你活下来，那你必须一生只爱我一人，怎么还能再嫁。

此刻，重温这场轰轰烈烈的爱恋，我真的懂了。原来若真正爱过，我会希望你好，希望你有生之年过得幸福。

仿佛有谁在又深又冷的海底逆溯时光，朽坏的船舱一寸寸复原成多年前辉煌壮观的样子。豪华的墙面，精致的铁艺门，宽广的大厅，在你眼前弯下腰的侍者，儒雅的绅士，华丽的妆容，卷发，羽翎帽，燕尾服，长裙。

所有的光芒，抵不上那一个男子。

他站在那里等她，就像守着一个永生永世不变的约定。

他转过身，金色的光灿烂了他的眉眼。

他温暖地笑，牵她的手，在盛大绮丽的背景中，吻下去。

一切回到原点，他们初见，那样美好。

最后，满脸皱纹的 Rose 轻轻说，我甚至连他的一张照片都没有，但是他教我明白了生命的价值。他永远活在我的心里。

我会活下去，不会忘了承诺。哪怕，带着一辈子都治不好的孤独。因为我知道，是我爱和爱我的你使我强大，无所畏惧。曾被你深深爱过，那么，再多的苦我都可以熬过。

我想起有天晚上看《莲花》时印象很深的那些文字。内河在动乱的青春里私奔，善生陪她杀掉未成形的胎儿，直到她看着自己曾深爱的男子死在医院病榻上，她说，善生，其实我于他，已经不再恨。我哭或许只是为了自己的青春年少。

生命轮回往复。后来我开始相信命运，相信那么多无法预期的失去或灾难都只是旅途的驿站。我必须接受，这就是际遇，我无法抗拒。我只能紧紧抓着回忆不放，一心一意抓住它，种在心中，那是阳光，水分，养料，以及爱。

我与你挥手告别，转身钻进又黑又冷的夜。舍不得，擦干眼泪，路还是要走下去。一些人一些事，终究是要放下的。

谢谢你陪我这一程。荒芜的青春，我曾那么肆无忌惮地盛放最瑰丽的花。

我拧开一瓶水，大口大口喝下，眼角不自觉淌出泪来。然后我转过脸，对着河流，远山，森林。

开始微笑。

请把我留在最好的时光里

长日尽处，我站在你的面前
你将看到我的伤痕
知道我曾经受伤，也曾经痊愈

——泰戈尔《飞鸟集》

见过一个聚会上喝多了给前女友打电话的男生。他说：我好想你。说完眼泪鼻涕一起流下来。而酒醒后，他依然搂着现任女友在朋友圈高调秀恩爱。

也许，想念只是狂欢的后遗症。回不去的年少，他的女孩，宿醉总需要一个理由。

男生和前女友从小就是邻居。

他比她大六岁。他上初中时，她刚上小学。他每天都带着她，就像带着自己的小妹妹，一起上学放学。

懵懵懂懂间，知道了什么是青梅竹马两小无猜，他便认定，小小的她就是他这一生的选择。

从那以后，他默默守着她，等她长大。

她十八岁生日那天，他捧着九十九朵玫瑰向她表白，这些年，我一直在等你长大。不管你接不接受，我都会一直在你身边陪着你。

　　她不知所措，惊慌逃离。

　　靠在床头，她呆呆想着他的话。竟忽然发觉，自己的生命早已被他的身影整个填满，不留一丝空隙。

　　命运的转折，往往只在一瞬。

　　那一年，她大学毕业，他得到一个出国深造的机会。而他却犹豫，因为她，也因为病弱的母亲。

　　她对他轻轻说，放心去吧，我会替你照顾好妈妈的。以前你等我长大，以后我等你回来。

　　那天，他们彼此许下誓约。

　　他飞去了大洋彼岸，她拒绝了一家大公司的聘请，回到家乡。

　　三年的留学生涯孤独而艰辛。无数个夜，他一遍遍温习那句，我等你回来。而她在工作之余，始终如照顾自己的父母那样，照顾着他的双亲。

三年后，他学成归来。人头攒动的机场，期盼已久的重逢竟变成生硬的握手。

他眼中的她，依旧真诚善良，却不再天真可爱，很多话说不到一起。他开始害怕和她在一起。她眼中的他，竟有些高不可攀。他的很多想法，她无法理解，他周围多了很多她不认识的朋友，他不再像从前那样，把她当作世界的中心。她清楚，有些感觉，已被时光涤荡得褪了色，再找不回，她亦开始害怕与他在一起时的格格不入。

三年的时光，陌生了彼此，记忆中仅有的那点温存，是三年前日渐模糊的光影。

两家人却开始忙着为他们筹备婚礼，祝福纷至沓来。他的朋友恭喜他能娶到为他牺牲、痴等三年的人，她的朋友羡慕她能嫁给如此优秀的成功男人。两个人心里的苦，没有人知道。

一份没有爱情的婚姻，曾是他所不齿的。而一想到她为自己所做的牺牲，他一遍遍告诫自己，不能对不起她，他必须履行自己的责任，他必须为此交付自己的一生。他机械地接受着祝福，任由父母欢天喜地地忙活，他们早已将她视为自家人。婚期渐近，他心乱如麻。

她一遍遍翻看他们的婚纱照，不知不觉中，一滴泪落在那张看了许多年的脸上。她仍爱他，哪怕明知他的爱已不在。她深深怀念记忆中他的笑脸，怀念心与心的默契。虽然他现在仍然对她微笑，却疏离得让人想流泪。她清楚，一旦结婚，他会是个好丈夫，他责任心太强。而这份少了爱的责任感，是自己想要的吗？是为自己三年的等待讨一个答案，还是想一辈子将他紧紧捆在身边，让他变成郁郁寡欢的男人？自己怎么能如此自私，这样的自己，还是从前那个处处为他着想的女孩吗？

大婚前一天，他推开她房门。屋里出奇安静，桌上整齐摆放着她的嫁衣，旁边那张纸条上只有两句话：婚姻不该是不幸的开始。我们都没错，错的是时间。

我们都有过青春年少。那个少年，他送给你亲手摘的不知名的野花，他让怕雨的你为他在雨中奔跑，他被风鼓起的白衬衫是坐在单车后座上的你眼中最美的风景。一起看天，看云，看季节不停变换，小小的手牵小小的人，守着小小的永恒。风乍起，吹皱如水般波澜的流年，而他的笑容摇摇曳曳，成为你生命中最亮的星。

曲终，人散。萧瑟，离索。在最好的时光遇到你，竟花光所有运气，仍是感念。不问结果，不求同行，仅仅让我遇到你，已经够我回忆一生。

原谅时光，记住爱

记住我们共同走过的岁月，记住爱，记住时光。

——伍尔芙

相爱四年，他残忍地对她说分手，她发誓恨他一辈子。

她是我最好的朋友邓婉君。毕业后的那次失恋，让她在很长一段时间里，陷入一种从未有过的无措，偏执，把自己逼到一个人的世界反锁起来。在那无人之境，连自己都变成荒芜的存在，身心空洞，满眼幻觉，氧气稀薄，断裂，窒息，亲眼看着自己一点点被撕裂，像在经历一场没有麻药的手术。

那天，她经过一条小路，遇见他被人殴打。她疯了似的捡起地上的砖头没命地向那几个人扑去。那几人被震慑住，落荒而逃。

后来我问她，既然恨得那么深，为什么还出手相救。

她摸着颤抖不止的双腿说，爱比恨更深。

那部《胭脂扣》，很多人都看过。

如花在那个世界等了许久，仍未等到十二少。终于，几十年后，在一个破旧贫民区的角落里，她找到了他。曾那样风流绝代的十二少，竟沦为乞丐一样的落魄老头。他没有死，他背叛了。她一句话都没说，悄无声息转身离开。

真相如此残酷。为这样一个男人，结束自己的生命，她该有多恨。

到底需要多少伤痛，才能让一个人清醒。年少时的爱，总是觉得必须血肉横飞才算快意，就像饮一杯甜蜜的毒酒。

我们都有过为一个人痛彻心扉的经历。

那个寒冷的深夜，激烈而无休止的争吵之后。你在路旁找到我，疲惫无力地抱着我。累了，都累了。虽然曾那么想一起走下去，但这段感情，终于没有任何出路。你无奈地看着我，我明白，余生，不会再有你。

回忆还没变黑白，已经置身事外。承诺不曾说出来，关系已不再。

那段一起走过的刻骨岁月，最终只剩泪眼模糊。缘来缘去，如潮起潮落，来时海浪汹涌，去时碧海清波，挽不住的终是青葱流年。我们总是将所有伤痛，全怪罪给时光。我们的爱恨悲欢，我们的开始和结束，都是身不由己，我们抱怨时光却不懂得宽悯。

很久以后才会知道，时光不会迁就谁，我们只能接受它的漠然。纵是辜负，也要忍让；纵是背叛，也要宽容。即便某一天失去，用一生时光来静守，亦不应觉是负累。

和几个朋友去 KTV。轮到婉君时，她轻轻唱："那些为爱所付出的代价，是永远都难忘的啊，所有真心的痴心的话永在我心中，虽然已没有他。"

她告诉我，她已和心中的人做了了断，决定和另一个男人在一起。生活很现实的，她对我无奈笑笑，我们只能接受。

和她在夜色迷离的大街上乱转。年少时的朋友，彼此一路目睹着爱的起落与反复。终于，人大了，心也静了。

那一刻突然明白。所谓成长，并非凡事都全力以赴争取，而是能坦然接受努力后仍无法如愿的悲哀。

我生来倔强，这个道理懂得太晚。年岁越大，伤口愈合得越慢。在独行的路上晾干了伤口，却也清楚这伤疤将伴我一生。

时光太短，爱太长。其实，爱过就好。因为爱上并不容易，它是这样挑剔、直接、深刻，却无根底。往后的路，守着余生流年，写一纸温暖时光，行一段岁月静好。

再次见面，婉君跟我趴在阳台上，看着夜空中的星。她结婚了。她淡淡地说，想生个孩子。

平静背后，仿佛仍蕴藏激烈的疼痛。如同一个历经沧桑的人，会悠然抬起头望云望天，却终于能够无言。

我对自己说，亲爱的，结束了。亲爱的，忘了吧。

爱有时，无爱亦有时。

真的没有人能陪我走到世界的终结。你从我生命中路过，你只是来教会我爱与恨。希望你过着比我幸福的生活，比以前和我在一起时更幸福的生活。否则，这场离散便失去意义。

那些不应该的错遇，镌刻了生命的悲喜。终于原谅了时光的无常，一切将在宿命的掌心里平息。

愿一切我惦念的人和事，天涯海角，各自相安。